Terminé 14/12/09

L'AFFAIRE STEINHEIL

Frédéric Delacourt

L'AFFAIRE STEINHEIL

Éditions De Vecchi S.A.
52, rue Montmartre
75002 Paris

Photo de couverture : © David Chasey / Getty-images ;
illustration de Julienne Establet.
Conception graphique de la couverture : Yes.

Avant-propos

On ne revient jamais sur la chose jugée ! Innocent relaxé ou coupable condamné, innocent emprisonné ou coupable en liberté..., le protagoniste d'une affaire ne peut être rejugé, même par les historiens.

Et pourtant, combien est grande la tentation de « percer le mur du silence » qu'impose à juste titre la loi. Mais nul ne peut se prendre pour Clemenceau, rédacteur en chef de *L'Aurore*, et titrant une « lettre à Monsieur Félix Faure, Président de la République » d'un, devenu célèbre, « J'accuse ».

Non, la place de l'historien est ailleurs. Elle n'est pas au côté de Zola. Elle n'est pas dans cette phrase de l'auteur de *L'Assommoir :* « Ma protestation enflammée n'est que le cri de mon âme. Qu'on ose donc me traduire en cour d'assises et que l'enquête ait lieu au grand jour. »

La place de l'historien, et/ou du chroniqueur judiciaire *a posteriori*, ne doit pas d'emblée être manifeste.

Il ne s'agit pas de n'être qu'un homme qui pense ou plus encore un homme qui communique « Une » pensée.

Il s'agit, avant tout :

- d'être un honnête homme de mémoire ;
- de raconter les faits tels qu'on les connaît et non les hypothèses telles qu'on les souhaite ;
- de décrire les protagonistes et le déroulement d'une instruction, puis les audiences.

Il s'agit enfin d'établir une sereine « fortune critique » à des affaires qui ont, le plus souvent, déchaîné les passions.

C'est ainsi que nous reverrons désormais ces procès, avec l'œil neuf de celui qui découvre l'ensemble des faits, de celui qui perçoit que, derrière des milliers de côtes, se dissimule l'âme humaine.

Plus calmes qu'à l'époque des faits, plus calmes que dans un débat contradictoire télévisé, les auteurs de ces ouvrages tentent chacun à leur manière d'inverser la tendance de cette formule de Jean Guitton : « C'est toujours l'imprévisible qui se réalise, malgré nos efforts de perspicacité et de prospection – l'imprévisible des ombres et des lumières » [1].

Si, entre ombres et lumières, ces ouvrages présentent des éléments de réflexion perspicaces et prospectifs, alors leur but sera atteint.

On sait que dans les prétoires – et c'est leur force – les choses ne se passent jamais tout à fait comme prévu. Ces ouvrages de présentation générale d'un fait judiciaire sont là pour nous ramener au plus près des hommes, de leur innocence ou de leur culpabilité, de leur drame et peut-être de leur rédemption.

---

1. *In* Y. Denton, *Souffle du large : douze rencontres de Mauriac à Malraux*, La Bibliothèque des Arts, 1996.

Introduction

Le destin de Marguerite Steinheil, surnommée la « Veuve rouge » ou la « belle Meg » par les journaux, peut être qualifié d'extraordinaire.

Née dans un modeste village près de Belfort, elle a vécu dans le Paris de la Belle Époque, épousé un artiste peintre, croisé la route d'un président de la République. Elle a ensuite eu de nombreux amants, fut accusée d'un double meurtre et jugée lors d'un procès retentissant avant de se remarier avec un lord pour finir paisiblement ses jours en Angleterre à l'âge de quatre-vingt-cinq ans.

Qu'elle fût détestée ou admirée, son charme ne laissait personne insensible et en faisait une séductrice irrésistible.

Mme Steinheil était-elle une femme odieuse et une habile tacticienne, comme le prétendait l'accusation, ou simplement une victime, comme l'affirmait son avocat ? Dix journées d'audience n'ont pas permis de trancher.

L'objectif de ce livre n'est pas de déterminer si Marguerite Steinheil a été la meurtrière ou la complice du double crime de l'impasse Ronsin, ce qui serait d'ailleurs très présomptueux. Avec le recul des années, il est beaucoup plus intéressant de reprendre la succession des faits tels qu'ils se sont déroulés, du meurtre au procès, en essayant de faire ressortir tous les éléments qui ont permis à la Veuve rouge d'être acquittée.

Les portraits de tous les personnages souvent pittoresques qui interviennent dans cette affaire nous replongent dans la Belle Époque, une période de l'histoire qui, sous de nombreux aspects (le rôle de la presse, les pressions politiques, le goût du scandale), n'est pas si éloignée de la nôtre.

Les protagonistes de l'affaire

Marguerite Steinheil, dite la « belle Meg »
ou la « Veuve rouge »
Adolphe Steinheil, son mari
Émilie Japy, sa mère
Marthe Steinheil, sa fille
M. Borderel, son dernier amant

Rémy Couillard, le valet
Mariette Wolf, la cuisinière
Alexandre Wolf, son fils

M. Félix Faure, président de la République
de 1895 à 1899
Le juge Leydet, le premier juge d'instruction
Le juge André, le deuxième juge d'instruction
M. Hamard, le chef de la Sûreté

M. de Labruyère, journaliste au *Matin*
Marcel Hutin, journaliste à *L'Écho de Paris*

M. de Valles, le président de la cour d'assises
Maître Aubin, l'avocat
Maître Trouard-Riolle, l'avocat général

Chapitre 1

Double assassinat impasse Ronsin

Toute l'affaire commence dans une villa du XVe arrondissement de Paris habitée par un couple, les Steinheil, et leur fille. Cette villa est située dans une impasse champêtre et calme qui s'ouvre sur la rue de Vaugirard. Entourée d'un jardinet, elle s'élève sur trois étages.

Le rez-de-chaussée, éclairé par une grande verrière, comprend le salon et la salle à manger. Au premier étage, on trouve trois chambres, un bureau et un cabinet de toilette. L'ensemble du deuxième étage est réservé à l'atelier d'Adolphe Steinheil, qui est artiste peintre et verrier. Enfin, le dernier niveau est occupé par les combles et les chambres des deux domestiques.

Le soir du double crime

En l'absence de Mariette, la cuisinière, c'est Rémy, le jeune valet, aidé de Madame, qui se charge de préparer le dîner servi ce **samedi 30 mai 1908, vers 19 h 30,** au rez-de-chaussée de la villa de l'impasse Ronsin.

Le repas est inhabituel, puisque l'on sert de la soupe aux choux avant le homard et le veau froid.

Les époux Steinheil mettaient toujours les petits plats

dans les grands quand ils recevaient, ce qui arrivait souvent, quitte à laisser des ardoises aux commerçants.

Paris à la Belle Époque

Le début du siècle a donné lieu à de grands bouleversements dans la France entière, mais surtout à Paris. C'est une période de forte prospérité économique et de bouillonnement culturel et artistique. La capitale est plus que jamais un lieu où tout est concentré, et beaucoup de jeunes gens ou de jeunes femmes « montent » à Paris pour y chercher la gloire ou, au moins, y trouver un travail.

En deux ou trois générations, l'urbanisation a transformé radicalement le visage de certains quartiers, et le développement des transports en commun, concentré sur quelques années, a aussi changé la vie des Parisiens.

Déjà l'Exposition universelle de 1889 avait vu l'apparition de la tour Eiffel. Celle de 1900 est marquée par la construction du Petit et du Grand Palais, du pont Alexandre-III et surtout par le lancement du métropolitain souterrain avec l'ouverture, en juillet de la première ligne, Porte-de-Vincennes-Porte-Maillot.

Les rues de Paris changent d'aspect et les chevaux de trait commencent à disparaître. Les premiers tramways électriques sillonnent les artères, tout comme les automobiles. Les chemins de fer permettent de rejoindre la proche banlieue en un temps record.

Les femmes portent un corset droit leur donnant une silhouette particulière. Les hommes arborent moustache et souvent barbe et sont toujours coiffés de chapeaux.

Leur unique invitée est ce soir Mme Émilie Japy, mère de Marguerite Steinheil, arrivée la veille à la gare de l'Est de son village situé près de Belfort.

Elle a l'intention de rester quelques jours à Paris pour rendre visite à ses enfants, et notamment pour réconforter son fils qui connaît des difficultés conjugales et professionnelles.

La fille des époux Steinheil, Marthe, dix-sept ans, est au Vert-Logis, à Bellevue, avec Mariette, dans la maison de vacances qu'ils louent à l'année près de Meudon.

Adolphe Steinheil, âgé de cinquante-huit ans, artiste peintre et verrier, comme l'était son père, a passé toute la journée dans son atelier du deuxième étage. Sa femme, Marguerite Steinheil, a trente-neuf ans. Elle a dormi la nuit précédente à Bellevue, est passée retirer de l'argent à la banque et a fait quelques courses en prévision de leur départ le lendemain matin pour le Vert-Logis.

Après le repas, Marguerite propose à sa mère, qui souffre des jambes depuis une mauvaise chute et a des rhumatismes, de lui laisser sa propre chambre pour qu'elle soit mieux installée. En effet, depuis quelques années, les époux Steinheil font chambre à part. Mme Steinheil dormira dans la chambre de Marthe. Ils ont décidé d'aller se coucher de bonne heure pour pouvoir partir tôt le lendemain matin.

M. Steinheil et Mme Japy gagnent leurs chambres respectives, séparées par un cabinet de toilette. Mme Japy demande à sa fille de lui masser les jambes.

Après les soins, Mme Steinheil charge Rémy d'aller chercher une bouteille de cognac pour préparer des grogs.

Elle prend un plateau avec la bouteille et trois verres et effectue elle-même la préparation dans le cabinet de toilette. Marguerite va ensuite se coucher, après avoir demandé à Rémy de les réveiller plus tôt que d'habitude pour profiter de leur bref séjour à la campagne.

Il est **11 heures du soir** et la pluie ne cesse de tomber.

Le lendemain matin, **peu avant 6 heures**, l'impasse Ronsin est réveillée par des appels au secours. C'est Rémy Couillard, le valet des Steinheil, qui a ouvert la fenêtre et demande de l'aide en hurlant.

Un voisin entend ses cris et prévient aussitôt le commissariat de Vaugirard.

LES PREMIERS RÉCITS DU DRAME

Sans perdre un instant, la PJ est informée qu'il y a eu un double meurtre au 6 *bis*, impasse Ronsin, et c'est le chef de la Sûreté en personne, M. Hamard, qui, en compagnie de l'inspecteur principal de la brigade criminelle, d'un brigadier, d'un sous-brigadier et de quatre inspecteurs, se rend sur les lieux.

Quand les policiers arrivent, des habitants de l'impasse Ronsin sont déjà dans la villa, bientôt rejoints par des amis de la famille Steinheil et par Mariette, la cuisinière, accourue de Bellevue.

Les inspecteurs font les premières constatations, et un médecin, appelé sur les lieux du drame, examine les deux corps : celui d'Adolphe Steinheil, dans le couloir, et celui d'Émilie Japy, sur son lit.

Pendant ce temps-là, M. Hamard interroge le valet qui a fait la découverte macabre. Rémy Couillard, « monté » à Paris deux ans plus tôt pour chercher du travail, a été engagé chez les Steinheil comme valet et homme à tout faire.

Le jeune homme est visiblement très secoué par ce qu'il a vu et a du mal à s'exprimer. À force de questions, le chef de la Sûreté parvient toutefois à reconstituer ce qui s'est passé le 31 mai au matin dans la villa de l'impasse Ronsin.

Le dimanche matin Rémy se lève plus tôt que d'habitude, à **5 h 30**. Il descend comme tous les matins préparer le petit déjeuner.

Dans l'escalier, il entend la voix de Mme Steinheil, qui l'appelle par son prénom d'une voix inhabituelle.

Il se précipite dans la chambre de Marthe, dont la porte est entrebâillée, et découvre un spectacle stupéfiant. Marguerite Steinheil est allongée sur son lit, la chemise rabattue sur le visage, le drap descendu à mi-jambes. Ses pieds sont retenus par un lien et chacun de ses doigts de pied est lui-même relié à une ficelle fixée aux barreaux du lit. Ses poings sont également liés et ses mains ramenées dans le dos. Son cou est entouré d'un cordage. Un morceau de coton est posé à côté de sa tête, sur son oreiller.

Affolé, il se précipite dans le couloir pour prévenir Monsieur. Près du cabinet de toilette, il bute alors sur un corps : Adolphe Steinheil, en chemise, est couché en chien de fusil sur le sol, un cordon autour du cou et un bâton de marche à ses côtés. De plus en plus affolé, Rémy rentre dans la chambre qu'occupe Mme Japy. La mère de Marguerite est allongée en travers du lit, le visage violacé, un tampon d'ouate dans la bouche et une ficelle autour du cou. Son dentier est sur l'oreiller. C'en est trop pour Rémy, qui revient en courant dans la chambre de Madame, qui s'écrie : « De l'air. »[1] Il lui défait facilement ses liens et lui annonce la nouvelle tragique. Elle pousse un cri et s'évanouit. Rémy se précipite alors à la fenêtre et hurle « Au secours ».

Les premières constatations

Les observations des enquêteurs et les témoignages du valet de chambre et de Mme Steinheil fournissent déjà quelques indications sur les circonstances de ce double meurtre mystérieux. Selon le récit très original de Mme Steinheil, trois hommes et une femme se seraient introduits dans la villa. Pourtant, certaines constatations contredisent sa déclaration :

- pas de traces de boue ;
- pas de marques d'effraction ;
- la villa n'a pas été fouillée ;
- pas de vol d'objets de valeur ;
- Marguerite Steinheil est la seule rescapée ;
- ses liens sont peu serrés.

Après ce récit, M. Hamard se rend dans la chambre de Marguerite Steinheil, qui est, naturellement, très choquée. Il lui demande avec ménagement de lui livrer sa version des faits.

1. Les dialogues, échanges, répliques, débats et autres extraits cités dans ce livre ne sont nullement imaginaires. On peut s'en procurer l'intégralité en consultant les sources indiquées en fin d'ouvrage, à la Bibliothèque de France, ou en consultant les archives de bibliothèques spécialisées. Pour plus de lisibilité et une meilleure compréhension, ils sont inscrits au fil du texte. Les échanges – véridiques, mais forcément incomplets – essaient de relater une vérité pas trop éloignée de la vérité des faits.

Elle dit avoir été réveillée vers minuit en sursaut par des lanternes braquées sur son visage. En ouvrant les yeux, elle a vu trois hommes portant apparemment une fausse barbe et vêtus de blouses noires, debout à côté de son lit. Ils étaient en compagnie d'une femme rousse qu'elle définit comme « une mégère à la bouche en trou d'égout ».

Les criminels l'ont prise pour sa fille et lui ont demandé où son père cachait l'argent venant de la vente de ses tableaux. Comme elle hésitait à répondre, elle a été insultée et menacée par la femme rousse, mais a entendu l'un des hommes lui dire : « On ne tue pas les mômes. » Elle a eu le temps de voir qu'un des hommes ressemblait à un ancien modèle de son mari.

L'un des barbus lui a alors donné des coups de poing, lui a arraché les bagues des doigts, et elle s'est évanouie. Elle n'a repris ses esprits que le lendemain matin, quand Rémy est venu la délivrer.

La nouvelle de ce double crime se répand très vite, et de plus en plus d'amis proches de la famille ou de simples connaissances envahissent le rez-de-chaussée. Un médecin reste aux côtés de la rescapée et filtre les visites.

Vers **8 h 30**, le juge Leydet, qui va s'occuper de l'affaire, est déjà sur les lieux et demande à son tour à Marguerite Steinheil de lui raconter ce qu'elle a vu. Elle reprend son étonnant récit. Comme il lui fait remarquer qu'il paraît difficile de discerner précisément quelqu'un quand on est aveuglé par une lanterne, Mme Steinheil dit qu'elle s'est trompée dans son premier témoignage et rectifie. Il n'y avait que deux hommes et une femme rousse debout près de son lit ; le troisième barbu était à l'entrée de sa chambre et c'est lui qui, avec sa lanterne, éclairait la scène. Pressée de questions, elle affirme qu'un des barbus avait de longs cheveux, un accent étranger et qu'il lui a tordu le poignet.

Certainement encore sous le coup de l'émotion, Marguerite Steinheil donne ici un échantillon des nombreux revirements et témoignages contradictoires qui émailleront ensuite toute l'affaire.

Les indices

Après avoir recueilli le témoignage de Mme Steinheil, les policiers passent la villa au peigne fin. La présence du corps de M. Steinheil dans le couloir laisse supposer qu'il a dû entendre du bruit et se lever, son bâton de marche à la main, avant d'être étranglé.

Ils constatent ensuite que, malgré un certain désordre, il n'y a aucune trace d'effraction sur la porte ni sur les fenêtres, pas plus que de traces d'escalade sur la façade.

Bien qu'il ait plu pendant toute la nuit précédente, aucune empreinte de boue n'est visible sur le sol.

Quelques tiroirs d'un meuble de la chambre qu'occupait Marguerite sont ouverts, mais il n'y a aucun remue-ménage et apparemment aucun bijou n'a été volé. Mme Steinheil s'empresse d'ailleurs de le confirmer, mais affirme qu'on a dû lui voler 6 000 francs qu'elle dit avoir retirés la veille à la banque.

Les policiers trouvent un billet de banque bien en évidence sur une commode !

Les aiguilles d'une grande pendule comtoise sont arrêtées sur **0 h 10** et les enquêteurs retrouvent une pendulette au fond d'un carton à chapeau. Habituellement, ce réveil était toujours placé sur la table de chevet de M. Steinheil.

Le chef de la Sûreté fait appel au spécialiste de la « police scientifique », M. Bertillon, pour effectuer de nombreux relevés, mais les analyses de l'inventeur de l'anthropométrie ne donnent rien.

Des taches d'encre

Des taches d'encre assez récentes sont retrouvées sur le tapis de la chambre où dormait Mme Japy. Ces traces se prolongent dans le couloir jusqu'au pied du lit qu'occupait Marguerite, comme si l'extrémité d'un habit long les avaient traînées dans l'appartement. Le médecin chargé d'examiner Mme Steinheil découvre également une tache d'encre sur son genou gauche après avoir pensé qu'il s'agissait d'une égratignure. Pourtant très prometteuse, l'analyse de ces taches ne donne rien de probant.

Les liens

Autre point important, les liens. Un inspecteur dira plus tard que les liens qui avaient servi à ligoter Marguerite étaient tellement distendus qu'elle aurait pu se libérer toute seule, sans intervention extérieure.

Le médecin de quartier appelé impasse Ronsin dès la découverte des corps dit à M. Hamard que le ligotage ne lui paraît pas sérieux.

Des ficelles identiques à celles qui ont servi à ligoter les corps sont retrouvées dans l'office.

Toutes ces constatations sont troublantes de prime abord, mais le chef de la Sûreté, M. Hamard, conclut provisoirement à un crime crapuleux, rejetant toute idée de mise en scène.

Chapitre 2
L'enquête

Dès le lundi, les journaux se ruent sur l'affaire. Les époux Steinheil sont des personnalités connues dans le Tout-Paris et leur implication dans ce drame donne immédiatement du relief à ce fait divers. Adolphe Steinheil est un peintre officiel qui a exposé au Salon et sa femme est connue pour avoir des amants haut placés, car Marguerite Steinheil est une beauté de l'époque : elle avait beaucoup de prestance, un esprit vif et un beau regard.

Ensuite, les déclarations du chef de la Sûreté et le récit de Mme Steinheil soulèvent beaucoup de questions et entourent ce double crime d'un voile de mystère. La présence de trois hommes en noir avec des fausses barbes et d'une femme rousse semble tirée tout droit d'un roman-feuilleton, genre très prisé à l'époque.

La presse s'empare de l'affaire

Les journalistes relèvent rapidement les incohérences de ce qui devient l'« affaire Steinheil ».

Pourquoi ses liens n'étaient-ils pas très serrés ? Pourquoi le morceau de coton était-il à peine humide, comme s'il venait d'être introduit dans sa bouche ? Comment expliquer l'absence de traces d'effraction et d'empreintes de boue, si ce n'est par la complicité de Mme Steinheil ?

La presse au début du siècle

La presse quotidienne a connu un essor formidable au début du siècle qu'on a du mal à imaginer aujourd'hui. C'était le seul moyen d'information et il exerçait une influence considérable sur l'opinion publique.
La concurrence était sévère et les nouveaux titres n'hésitaient pas à débaucher des journalistes de maisons concurrentes.
Dès qu'un journal trouvait une nouvelle formule intéressante, il était copié par les autres.
Les feuilletons étaient très populaires et la plupart des journaux à grand tirage avaient le leur.
Le dessin humoristique et la caricature - des moyens directs d'exprimer des idées - étaient aussi très utilisés.
La plupart des entreprises de presse du début du siècle étaient concentrées à Paris. Il y avait la presse d'opinion (dont les tendances allaient du bonapartisme à l'antisémitisme et au socialisme), représentée par une quinzaine de titres, et la presse d'information, qui connaissait les plus forts tirages. Parmi ces titres, *Le Matin et Le Petit Parisien*, qui vendaient plus d'un million d'exemplaires à eux deux au début du siècle.

Ils s'étonnent aussi qu'une femme de trente-neuf ans, aussi jolie soit-elle, puisse être prise pour sa fille de dix-sept ans. Si les malfaiteurs ont fait cette confusion parce que Marguerite Steinheil dormait dans la chambre de sa fille, c'est donc qu'ils connaissaient la disposition des chambres de la villa.

Ils se demandent ensuite pourquoi les assassins ont épargné Mme Steinheil, alors qu'ils n'ont pas reculé devant un double meurtre.

Si les criminels n'ont rien volé, ou presque, pourquoi alors se sont-ils rendus dans la villa ?

Comme toujours en pareil cas, c'est du côté de la personnalité des victimes du drame que la vérité est recherchée.

Délaissant provisoirement Mme Japy, les journaux s'intéressent d'abord au peintre Adolphe Steinheil, dont l'activité en faisait un personnage public.

Portrait d'Adolphe Steinheil

Né le 10 mars 1850, Adolphe Steinheil appartenait à une famille très unie. À la mort de sa mère, il reste impasse Ronsin avec son père, artiste peintre mais surtout verrier. Il mène alors ce que l'on appelait une vie de « vieux garçon », passant ses journées dans l'atelier à apprendre le métier de son père. À la mort de celui-ci, en 1885, Adolphe se rapproche de ses sœurs et continue à vivre seul dans la villa familiale.

La peinture au début du siècle

Le Salon était une exposition annuelle de peinture qui accueillait jusqu'à trois mille artistes. Les peintres qui y étaient sélectionnés préparaient un tableau spécialement pour la circonstance et les sujets qui étaient traités devaient

correspondre aux canons de l'esthétique officielle.
Le privilège d'avoir une toile accrochée au Salon ouvrait les portes aux commandes d'État, aux demandes de portraits et à la célébrité. En outre, les artistes qui parvenaient à se distinguer recevaient des médailles, des mentions et autres décorations qui constituaient ensuite de précieux sésames.
Les rapports entre ces peintres académiques et les impressionnistes étaient très conflictuels et l'admission au Salon était jalousement gardée par une commission dont l'opinion en matière de commandes d'État et de décorations était prépondérante. Les impressionnistes qualifiaient les peintres officiels de « peintres décorés » ou de « Chers Maîtres » et ces derniers s'appliquaient à trouver les nouvelles « atrocités à l'huile » « nulles » et « désopilantes ». Les membres de l'Académie des beaux-arts défendaient la peinture d'atelier, les portraits, les thèmes historiques ou mythologiques, avec beaucoup de nus. Ils considéraient le paysage comme un genre mineur et les scènes ordinaires étaient taxées de mauvais goût. C'est tout naturellement que, dès 1863, il y eut un Salon des refusés qui regroupait tous les artistes, comme Manet et Pissarro, lesquels n'avaient pas eu l'honneur de voir leur œuvre accrochée au Salon officiel. Par la suite, les fauvistes (en 1905), puis les cubistes (en 1907) furent refusés au Salon.

Délaissant progressivement son activité de verrier, il est devenu ce que l'on appelle un peintre « officiel ». En plein triomphe du courant impressionniste, il reste fidèle aux sujets de prédilection de son père, Louis : les fleurs, les portraits, les tableaux de genre et les sujets historiques. Il se situe aux antipodes des recherches sur les couleurs et la lumière, des modèles en plein air et des paysages.

L'un des représentants les plus connus de cette peinture académique était le propre neveu d'Adolphe Steinheil, Ernest Meissonnier, qui peignait des œuvres très minutieuses, au « petit poil ».

Adolphe Steinheil avait débuté sa carrière de peintre au Salon de 1870. Considéré aujourd'hui comme un peintre très mineur, il suivit la filière classique du peintre académique. Sa vie n'avait rien de bohème. S'il ne séjourna pas à la villa Médicis, à Rome, il eut la médaille de 3e classe au Salon de 1882, fut élevé au rang de chevalier de la Légion d'honneur en 1889 et reçut le titre de sociétaire des Artistes français. Enfin, il reçut la médaille de bronze lors de l'Exposition universelle de 1889, l'année de l'achèvement de la tour Eiffel. Les mauvaises langues affirmaient que les relations de sa femme avec le président Félix Faure n'étaient pas pour rien dans cette pluie de médailles.

Incapable de se renouveler, Adolphe Steinheil s'interroge beaucoup sur son art vers la fin de sa vie. Après quelques années de commandes officielles, il subit les conséquences du triomphe des nouvelles écoles de peinture et doit se contenter le plus souvent des portraits des amants de sa femme pour vivre.

L'intérêt de la presse se concentre ensuite sur Marguerite Steinheil, rapidement surnommée la Veuve rouge. Au fil des jours, les lecteurs n'ignorent plus rien des détails de sa vie.

La jeunesse de Marguerite Steinheil

Marguerite Japy est née dans un petit village de l'est de la France, près de Belfort, à Beaucourt, en **1869**. Elle va y vivre jusqu'à l'âge de dix-huit ans avec ses deux sœurs et son frère. Son père est issu d'une famille assez aisée qui possédait des propriétés foncières. Sa mère est une fille d'aubergiste. Le mariage entre le châtelain de Beaucourt et la fille d'un aubergiste de Montbéliard de seize ans fait scandale et provoque la rupture entre M. Japy et sa famille.

Après être allée quelque temps à l'école, Marguerite reçoit chez elle une éducation bourgeoise avec une institutrice et prend des cours d'aquarelle et de piano.

À dix-huit ans, elle envisage de se marier avec un jeune lieutenant, ami de son frère, mais il n'est pas riche et le père de Marguerite s'y oppose formellement. Ce jeune militaire se voit même finalement contraint de restituer toutes les lettres d'amour qu'il a reçues de Marguerite. La même année, son père envoie celle-ci à Bayonne, chez sa sœur, pour l'éloigner de ses chimères.

C'est au Pays basque qu'elle rencontre Adolphe Steinheil, qui s'est rendu à Bayonne pour des travaux d'art. C'est là qu'elle apprend la mort de son père.

En **1890**, à l'âge de vingt et un ans, pressée par sa mère, elle accepte d'épouser le peintre Adolphe Steinheil, de vingt-deux ans son aîné, et s'installe à Paris, impasse Ronsin, dans le XVe arrondissement. Deux ans plus tard naîtra leur unique fille, Marthe.

Ce couple détonne, et pas seulement à cause de la différence d'âge entre les époux : M. Steinheil, alors fraîchement décoré, est un être sans fantaisie, alors que Marguerite est pleine de vie.

Très peu de temps après leur installation impasse Ronsin, on ne peut pas dire que les époux vivent en parfaite harmonie.

Marguerite Steinheil tient salon et a la réputation d'avoir, comme on disait alors, une vie mondaine très remplie.

Les journaux s'intéressent de près au passé amoureux de Marguerite Steinheil et s'arrêtent notamment sur les relations qu'elle a entretenues avec le président de la République Félix Faure.

Le récit de l'aventure du président et de la belle Meg s'étalera dans tous les journaux.

La belle Meg et le président Félix Faure

On apprend, qu'en 1897, Marguerite Steinheil devient la maîtresse du président de la République de l'époque, Félix Faure. Elle a fait sa connaissance dans les Alpes, au col de la Vanoise, lors de manœuvres militaires.

Félix Faure

Félix Faure est né en 1841 à Paris. Fils d'un artisan chaisier, il suit une formation de tanneur de peaux pendant un an et demi, une activité qui est à l'origine de la légende d'un président *self-made man*. À vingt-deux ans, il s'installe dans la ville du Havre, alors en pleine croissance économique, où il est embauché comme commis. Il épouse une femme appartenant à une famille aisée et devient négociant en cuirs. Élu député

comme républicain modéré, il est nommé ministre des Colonies, puis de la Marine dans plusieurs gouvernements de 1882 à 1894. En janvier 1895, il est élu président de la République par l'Assemblée nationale après la démission de Jean Casimir-Perier, et il le restera jusqu'au 16 février 1899, date de sa mort.
Les quatre années de sa présidence ont été surtout marquées par l'Affaire Dreyfus et par les remous politiques provoqués par la question de la révision de ce procès. Contrairement à ce qu'affirmaient les journaux d'extrême-droite, Félix Faure n'a jamais pris clairement position sur cette affaire très sensible et il s'est toujours retranché derrière la neutralité de sa fonction. Pourtant, il a attiré sur sa personne des critiques très violentes venant aussi bien des partisans de Dreyfus que des antidreyfusards : les premiers lui reprochaient de porter atteinte aux valeurs de la République, les seconds l'accusaient de vouloir démoraliser l'armée.
Il est tout aussi invraisemblable de soupçonner Félix Faure de s'être opposé à la réouverture du dossier Dreyfus que d'accuser Marguerite Steinheil d'avoir empoisonné le président de la République pour cette raison.

Marguerite s'y était rendue pour rejoindre l'un de ses amants, un juge d'instruction, qui y accomplissait sa période militaire. Présentée au président lors d'un dîner, Félix Faure et Mme Steinheil vont dès lors se revoir très régulièrement.

Le plus étonnant est qu'Adolphe Steinheil se trouvait également là : il y avait posé son chevalet et commencé un tableau académique dans le genre historique représentant Félix Faure comme grand combattant qui s'intitulait *Le président Félix Faure décore les officiers de l'armée des Alpes sur le front des troupes.*

Les dimensions de ce tableau étaient tellement imposantes que M. Steinheil dut faire surélever son atelier de l'impasse Ronsin à son retour à Paris pour pouvoir y travailler. Félix Faure se rendait d'ailleurs régulièrement dans la villa pour suivre l'avancée des travaux et rencontrer Mme Steinheil.

En 1898, Marguerite Steinheil sert de guide au président venu inaugurer officiellement le Salon de Paris et leurs relations intimes sont connues du Tout-Paris.

En dehors de ces apparitions communes en public, le président et Mme Steinheil se voient presque tous les jours à l'Élysée ou au bois de Boulogne, où Félix Faure a l'habitude de se promener à cheval.

Cette liaison privilégiée ne tarde pas à donner de l'éclat au salon qui se réunit régulièrement impasse Ronsin. On y voit accourir tous ceux qui sollicitent une faveur ou un honneur auprès de la présidence et qui font tout pour que Meg se transforme en messagère bienveillante. Des personnages illustres ont fréquenté au moins une fois le salon de l'impasse Ronsin : Gustave Eiffel, José Maria de Heredia, François Coppée, le prince de Galles et même Émile Zola. Durant ces réunions mondaines, la belle Meg, décrite comme une parfaite maîtresse de maison, n'hésite pas à se mettre au piano.

Autres retombées de la liaison présidentielle de Mme Steinheil, le carnet de commandes de son mari ne désemplit pas.

Après ses rencontres très fréquentes, mais relativement discrètes avec Félix Faure, la belle Meg est mêlée bien malgré elle à un épisode célèbre : le **16 février 1899**, le président de la République meurt entre ses bras au palais de l'Élysée.

Ce scandale fait le tour de Paris et de toute la France sans que le nom de Mme Steinheil soit officiellement prononcé, la femme qui était dans le salon bleu de l'Élysée étant désignée dans les journaux sous le nom de Mme S. Une anecdote certainement enjolivée a d'ailleurs fixé pour longtemps cet épisode tragi-comique.

Le 16 février, le président est terrassé par une hémorragie cérébrale à l'Élysée, et l'on demande à un prêtre de l'église voisine qui passait dans la rue de se rendre à son chevet. Avant d'entrer dans la pièce où gisait Félix Faure, le prêtre aurait alors demandé : « Le président a-t-il encore sa connaissance ? » et on lui aurait répondu : « Rassurez-vous, elle est sortie par une porte dérobée. »

Lors des obsèques de Félix Faure, aucune allusion ne sera faite sur les circonstances de sa mort, ni sur la femme qui était en sa compagnie. Mais, à la lumière du double crime de l'impasse Ronsin, certains journalistes en viennent à remettre en cause la version de la mort de Félix Faure la plus communément admise après neuf ans de discrétion. Une nouvelle implication de Marguerite Steinheil dans une affaire de meurtre mystérieuse enflamme les imaginations et brise le tabou.

Certains soutiennent que le président serait mort chez Mme Steinheil et que des agents de la Sûreté auraient ramené son corps à l'Élysée. D'autres soupçonnent même un empoisonnement.

L'ENQUÊTE OFFICIELLE

Le juge d'instruction en charge de l'affaire est M. Leydet, présent sur les lieux du crime dès le dimanche matin. C'est un petit homme à barbiche, plutôt discret, et ancien visiteur de la maison Steinheil. Il a été plusieurs fois invité aux réceptions organisées par Mme Steinheil. Malgré les rapports qu'il a entretenus avec Marguerite, il ne songe pas à se récuser, pas plus d'ailleurs que ne le fera l'avocat général du procès, soupçonné des mêmes liens avec l'accusée.

Le juge demande une double autopsie, qui est effectuée le 2 juin. Les résultats apportent la confirmation qu'Adolphe Steinheil a été assassiné par strangulation. Les marques visibles sur ses bras semblent indiquer qu'il a été agressé par deux hommes, l'un se chargeant de le retenir pendant que l'autre lui serrait le cou.

Émilie Japy est morte par asphyxie : l'énorme morceau de coton qui a été enfoncé dans sa bouche a probablement pressé son dentier, qui l'a étouffée. Cette autopsie révèle aussi que sa rate a éclaté et qu'elle a donc dû subir des coups violents. Pourtant, en décembre 1908, le corps de la mère de Marguerite est sorti du caveau de Beaucourt pour être à nouveau examiné par le docteur Balthazard, qui constate cette fois que sa rate est intacte. Mme Japy a donc succombé de saisissement ou d'asphyxie, mais n'a pas reçu de coups.

Les cordelettes qui entourent le cou des deux victimes semblent avoir été placées après leur mort, dans un souci de mise en scène.

Dès le lendemain du double crime de l'impasse Ronsin, Mme Steinheil, qui se dit choquée et gravement blessée, va loger pendant deux semaines chez le comte d'Arlon, parent de l'ancien fiancé de sa fille Marthe.

M. Leydet la convoque très régulièrement pour l'interroger très patiemment. Il accepte son manque de coopération évident et ne l'inculpe pas, ce qui n'est pas du goût de la presse qui veut rapidement un coupable. En effet, Marguerite Steinheil continue à nier toute participation au crime et se définit comme une victime, mais elle se défend mollement et maladroitement et ses déclarations en font une suspecte désignée.

Son témoignage semble sorti tout droit de son imagination et paraît peu crédible. Les questions troublantes qui se posaient le lendemain du meurtre sont toujours sans réponse, et Mme Steinheil est soupçonnée, faute de mieux, d'avoir organisé une mise en scène de cambriolage.

Les amours de la belle Meg

Ne pouvant rien apprendre de plus sur les circonstances du double crime, les journalistes déterrent le passé galant de la belle Meg en essayant d'obtenir des détails croustillants.

L'un des aspects de la vie de Mme Steinheil qui a le plus passionné le public est son passé de « cocotte ».

Le monde des cabinets particuliers, des intrigues sur fond de relations amoureuses est un sujet d'intérêt et de curiosité inépuisables.

Le Vert-Logis à Bellevue

Pendant les années qui ont suivi la mort de Félix Faure, Mme Steinheil a collectionné les amants fortunés, qui lui ont offert bijoux et toilettes. Son mari en a souvent profité pour leur vendre des tableaux.

Afin de recevoir plus facilement ses amants, la belle Meg se rend dans une petite maison appelée le Vert-Logis et située à Bellevue, près de Paris. L'accès à cette maison de campagne est très pratique : il faut seulement un quart d'heure en automobile pour s'y rendre à partir de la villa de l'impasse Ronsin, mais on peut aussi prendre le train à Montparnasse ou le funiculaire aux Invalides.

Le Vert-Logis est loué au nom de la meilleure amie de Marguerite et le loyer est réglé à partir de 1905 par son amant attitré du moment, M. Chouanard.

Comme le dira Mme Steinheil, « jusqu'en 1905, j'ai eu la délicatesse de recevoir mes amants dans des hôtels ». Après cette date, elle se rend régulièrement dans ce nid champêtre isolé qui offre toutes les commodités et n'est situé qu'à trois quarts d'heure en train de l'impasse Ronsin. M. Chouanard vient l'y rejoindre trois ou quatre fois par semaine.

Les rencontres du métropolitain

Marguerite Steinheil rencontrait la plupart de ses amants d'une façon originale. C'était le tout nouveau métropolitain qui lui servait de théâtre d'opérations. Quand Mme Steinheil y rencontrait un homme qui répondait à ses critères, elle captait son regard et se sentait aussitôt très mal, proche de l'évanouissement.

L'homme galant venait naturellement à son secours et la raccompagnait chez elle. En général, trois jours après, il visitait l'atelier de M. Steinheil, puis lui commandait une toile. Une semaine après, il était reçu clandestinement au Vert-Logis.

La tante Lily

Les visites fréquentes au Vert-Logis ne pouvaient pas être ignorées du mari. Y a-t-il eu faiblesse, complaisance ou intérêt de sa part, étant donné que la plupart des riches amants de Marguerite finissaient par lui commander un tableau ?

Pour sauver les apparences, au moins vis-à-vis de sa fille, expliquer ses absences soudaines et justifier les cadeaux qu'elle recevait, Mme Steinheil se servait d'un personnage inventé de toutes pièces, sa tante Lily. Ainsi, cette tante fictive lui offrait des bijoux et de l'argent, et la belle Meg allait souvent lui rendre des visites de politesse.

L'été, le nid se transformait en maison de vacances familiales : les époux Steinheil et leur fille venaient s'installer à Bellevue et Adolphe Steinheil y était présenté comme le frère de Marguerite. Les visites des amants de la belle Meg ne s'interrompaient pas pendant ces longues villégiatures. Simplement, M. Steinheil et sa fille étaient priés de quitter les lieux avant la visite de la tante Lily.

Les époux Steinheil

L'enquête et surtout les articles de presse dressent un tableau complet des deux époux Steinheil et de leurs relations. Toutes les sources d'information concordent :

Adolphe Steinheil, de vingt ans plus âgé que sa femme, menait une existence casanière : il était d'un tempérament effacé et se consacrait uniquement à son activité d'artiste peintre. Il semble qu'il n'avait aucune prise sur les événements qui se déroulaient autour de lui.
Marguerite Steinheil mettait au contraire toute son énergie à mener plusieurs vies de front en utilisant des stratagèmes bien rodés. C'est elle qui, avec son salon, faisait vivre le ménage. En effet, le mari bénéficiait indirectement des relations de sa femme et, que ce soit par faiblesse, par refus de savoir ou par intérêt, il acceptait ses infidélités. Les époux Steinheil semblaient avoir trouvé un terrain d'entente tacite, chacun se contentant de jouer son rôle sans empiéter sur la vie de l'autre.

Les pistes de la police

Pendant que la vie privée de Mme Steinheil s'étalait en pleines pages, la police suivait plusieurs pistes.

Le carton d'invitation du métropolitain

Dès le lendemain du crime, un voyageur trouve dans le métropolitain, à la station Étoile, une invitation pour l'exposition des œuvres de M. Steinheil, du **7 au 14 avril**, impasse Ronsin. Comme ce nom est sur toutes les lèvres, le voyageur remet sa découverte à la police. L'invitation est accompagnée d'une carte de visite au nom d'une artiste peintre connue surtout pour avoir réalisé des portraits officiels du président Félix Faure.

En outre, l'adresse d'un costumier est inscrite au dos de la carte de visite.

Montmartre au début du siècle

Malgré l'urbanisation rapide de Paris, Montmartre reste, au début du siècle, un quartier rural.
La butte Montmartre était alors encore un vrai village avec ses fermes, ses champs et ses potagers, surplombé depuis 1891 par la basilique du Sacré-Cœur. C'était un quartier de « rapins » très différent du quartier d'artistes plus chic de Montparnasse. En effet, les peintres qui habitaient à Montmartre menaient le plus souvent une vie de bohème qui n'avait pas que des bons côtés.
Si le sommet de la butte accueillait les ateliers d'artistes autour du Bateau-Lavoir, le pied de la butte, de Pigalle au boulevard de Clichy, avait plutôt tendance à abriter les « escarpes », c'est-à-dire les gens du milieu.

La police se rend donc chez ce costumier de Montmartre et apprend qu'il a livré quatre lévites avec chapeaux au Théâtre hébreu de Saint-Denis.

Le costumier de ce théâtre affirme que trois des quatre costumes livrés ont disparu la veille du meurtre de l'impasse Ronsin. Toutefois, la police ne croit pas trop à cette piste, malgré les affirmations du costumier et du directeur du théâtre, et n'interroge pas les employés du théâtre.

Une chasse aux barbus est malgré tout organisée dans le milieu des modèles à Montparnasse et la femme rousse est activement recherchée, mais sans succès.

La piste montmartroise

Au fil des interrogatoires, de nouvelles pistes sont explorées. Mme Steinheil ayant parlé de vente de tableaux à cause de soucis financiers passagers, on enquête dans les milieux d'artistes de Montmartre et de Montparnasse. Le nouveau quotidien d'extrême-droite, *L'Action française,* affirme d'ailleurs sans fioritures et avec des arrière-pensées politiques qu'il faut rechercher dans le milieu artistique « cosmopolite » les coupables ou les commanditaires de ce double meurtre.

Parmi les « métèques » montrés du doigt dans cet article, on retrouve notamment Picasso, qui a habité à Montmartre de 1900 à 1910, Modigliani et Soutine.

L'enquête conduira la police sur une piste montmartroise, qui l'entraînera dans le milieu des mauvais garçons de Pigalle, les « escarpes ».

Adolphe Steinheil n'a pas connu la misère du « rapin », qui doit échanger un dessin contre un repas et négocier avec un marchand d'art pas toujours bien intentionné.

Étant donné les difficultés financières du couple, la police pense que M. Steinheil a très bien pu essayer de vendre l'une de ses œuvres et que la transaction a mal tourné.

L'enfant naturel

Certains journaux affirment que Marguerite Steinheil avait un enfant naturel et que celui-ci aurait joué un rôle dans le crime de l'impasse Ronsin. Âgé de dix-huit-dix-neuf ans au moment des faits, il serait venu rendre visite à sa mère en cachette pour lui demander de l'argent pendant que son mari et Mme Japy dormaient.

Surpris par M. Steinheil, il se serait alors jeté sur lui et l'aurait étranglé. Mme Japy serait morte de peur. Cette hypothèse repose sur deux constatations : la vie passée tumultueuse de Marguerite et son silence louche qui donnent d'elle l'image d'une femme refusant de dénoncer son complice.

Ces affirmations fantaisistes ne font pas long feu, et l'existence d'un fils naturel n'a jamais pu être prouvée.

Les recherches effectuées pour suivre ces différentes pistes prennent du temps et l'enquête semble piétiner.

Beaucoup de journaux ne se privent pas d'insinuer que le juge Leydet est lié à la belle Meg par des « secrets d'alcôve » et décident de mener leur propre enquête en allant trouver directement les témoins avant la police. Sous l'effet de la concurrence entre les titres, c'est à qui apportera les révélations les plus étonnantes, les plus scandaleuses. La vie de M. Steinheil est ainsi l'objet de toutes les rumeurs : il aurait été un consommateur régulier de pavot, un homosexuel notoire, voire le propre souteneur de sa femme.

On soupçonne également Mme Steinheil de continuer à bénéficier de protections et on lui donne de nombreux surnoms, tous plus imagés les uns que les autres : la Pompadour de la République, l'Égérie de la IIIe République, la Du Barry de Vaugirard, la Circé de l'Élysée, la belle Meg et, plus tragique, la Veuve rouge.

Les bijoux volés

L'enquête est longue et les journaux commencent à tourner un peu en rond, mais une histoire de bijoux vient relancer l'affaire.

Après avoir affirmé lors de son premier interrogatoire qu'aucun bijou ne lui avait été volé, Mme Steinheil prétend à présent qu'il lui en manque une douzaine.

Un inspecteur est alors chargé d'en dresser la liste.

Le **10 juin 1908**, Marguerite Steinheil est encore chez son ami le comte pour se remettre de ses émotions. Elle demande à Mariette, qui fait la navette entre le Vert-Logis et la villa de l'impasse Ronsin, de lui rapporter de Bellevue du linge propre, ainsi qu'une boîte en carton qu'elle y avait déposée mi-mai. Le lendemain, la cuisinière vient retrouver la belle Meg au 6 *bis*, impasse Ronsin, avec le carton contenant des bijoux.

Or, le même jour, un inspecteur de police, M. Pouce, dresse la liste des douze bijoux déclarés volés au domicile des époux Steinheil. Parmi ces bijoux, certains sont dans le carton que possède la belle Meg, mais elle ne les montre pas à l'inspecteur. Le **12 juin**, Mme Steinheil charge un ami bijoutier, M. Souloy, de transformer ses bijoux et de fondre les montures.

Le **15 juin**, la liste des bijoux volés, appelée « liste Azur », est adressée à tous les revendeurs.

Le **23 juin**, le journal *Le Matin* publie la liste des bijoux prétendument volés et M. Souloy en reconnaît certains qu'il a entre les mains. Il se rend spontanément chez le chef de la Sûreté, M. Hamard, et dit tout ce qu'il sait.

La belle Meg est confondue et se sort de ce mauvais pas comme elle peut en démentant avoir voulu tromper le juge et la police et en affirmant avoir agi pour le bien de sa fille.

Cet épisode des bijoux conforte un peu plus l'opinion générale : si elle n'a pas tué personnellement son mari et sa mère, Mme Steinheil n'inspire carrément plus aucune confiance et fait tout pour s'en sortir, y compris simuler un cambriolage.

L'ENQUÊTE PIÉTINE

Après cette histoire de bijoux, Marguerite Steinheil quitte la région parisienne et part se reposer au bord de la mer, à Louvières, en compagnie de sa fille, de Mariette Wolf et d'une dizaine d'amis. Vers la fin du mois de juin 1908, elle quitte la Normandie et retourne passer l'été au Vert-Logis, à Bellevue. Elle est de nouveau convoquée régulièrement chez le juge pour de longs interrogatoires.

À la fin de l'été, la piste politique est de plus en plus privilégiée par certains journalistes, déjà intrigués par le déploiement imposant des forces de police le 31 mai au matin au 6 *bis*, impasse Ronsin. Ils attribuent les lenteurs et les approximations de l'enquête à des pressions exercées par le gouvernement. Selon eux, Mme Steinheil est protégée, soit parce qu'elle est en possession de documents secrets appartenant à Félix Faure, soit parce qu'un haut dignitaire aurait été présent dans la villa de l'impasse Ronsin le soir du crime.

MM. Hamard, le chef de la Sûreté, et Leydet sont clairement mis en cause en tant qu'exécutants de ces basses œuvres. Ainsi, selon un journaliste, le chef de la

Sûreté « est plus au service de la "belle Meg" qu'à la recherche de la vérité ».

Toutes ces allusions politiques ne sont pas innocentes. Clemenceau est au pouvoir, mais la république est encore fragile et attaquée. Pour ses adversaires, tout ce qui peut l'affaiblir, y compris un fait divers, est bon à prendre.

Il est vrai que l'instruction prête le flanc à la critique : malgré de fréquentes convocations et des séances de questions de plusieurs heures, le juge d'instruction ne peut retenir aucune charge contre Mme Steinheil et la laisse chaque fois ressortir libre de son bureau. Il lui demande notamment avec insistance de raconter à nouveau sa version des faits survenus dans la nuit du 30 au 31 mai. Il parvient à obtenir quelques précisions supplémentaires, mais celles-ci obscurcissent encore davantage l'affaire. Ainsi, Mme Steinheil se souvient d'avoir entendu sa mère l'appeler : « Meg, Meg » à minuit quand elle s'est réveillée. Comme la pendule comtoise a été arrêtée, probablement par les « visiteurs », à 0 h 10, cela signifierait que le crime a été commis en dix minutes, ce qui paraît peu probable.

Chanson de rue

Voici un extrait de la chanson *Le Crime de l'impasse Ronsin*, qui reprend certains éléments de l'affaire.

[...] les drôles d'histoires
qu'ell'nous inventa
les lévites noires
la barbe à papa [...]

Refrain

Qu'est-ce qu'on attend
pour mettre à Saint-Lazare
[...]
cett'criminelle ?
Car c'est tell'ment bizarre
si l'juge est si doux
c'est qu'y a quequ'chose
là-d'ssous.

En octobre, voyant que l'enquête piétine et qu'il n'obtient rien de la belle Meg, le juge Leydet perd patience et dévoile ses cartes. Il essaie d'obtenir des aveux en poussant Marguerite Steinheil dans ses derniers retranchements. Il met pour la première fois clairement en doute sa version des faits en contestant trois de ses arguments : il lui affirme que les criminels n'ont pas pu la prendre pour sa fille ; que, d'après sa garde-malade, les blessures qu'elle a reçues étaient insignifiantes ; et que son ligotage avait l'air simulé.

Marguerite Steinheil conserve pourtant la même ligne de défense en s'accrochant à son premier témoignage.

Bien échauffé par les journaux, le public attend avec impatience l'inculpation de Marguerite Steinheil. Plusieurs textes sont même distribués dans les rues et chantés (voir par exemple l'encadré en regard).

Comme dans toute enquête, des lettres anonymes qui dénoncent des voisins ou des connaissances font perdre beaucoup de temps en vérifications à la police.

Mme Steinheil se constitue partie civile

À la fin du mois d'octobre 1908, Mme Steinheil quitte le Vert-Logis pour l'impasse Ronsin. Elle est plus seule que jamais, car la plupart de ses amis se sont détournés d'elle.

Les convocations successives chez le juge l'ont usée, tout comme les allusions répétées de la presse sur ses mensonges.

Pourtant, alors que la plupart des journaux commencent à considérer l'affaire Steinheil comme insoluble, *L'Écho de Paris* publie à sa une du **31 octobre** une lettre exclusive de Mme Steinheil.

Comme si elle ne se satisfaisait pas de l'anonymat dans lequel elle est tombée, c'est la Veuve rouge elle-même qui relance l'affaire en convoquant dès son retour à Paris le journaliste Marcel Hutin pour lui faire des révélations importantes.

Elle accuse le chef de la Sûreté, M. Hamard, d'avoir volontairement négligé la piste des lévites et de ne pas avoir suffisamment tenu compte des déclarations du costumier du théâtre de Saint-Denis sur la disparition troublante des trois redingotes la veille du meurtre.

Mme Steinheil prétend agir pour l'honneur de sa fille Marthe. Elle dit surtout vouloir rechercher la vérité pour venger les siens et, le **7 novembre**, elle écrit une lettre au juge d'instruction qui commence ainsi :

> *Comme veuve, comme fille, comme mère, j'entends me porter partie civile.*

Meg accuse M. Burlingham

À défaut d'autres éléments et pour ne négliger aucune piste, les inspecteurs suivent les recommandations de la Veuve rouge et s'intéressent de nouveau aux costumes de lévites et, par ricochet, au milieu du théâtre.

À force d'interrogatoires, la police finit par identifier un individu, M. Burlingham, aperçu avant le 30 mai près de Montmartre chez le costumier dont l'adresse figurait au dos de la carte de visite retrouvée dans le métropolitain. Ce citoyen américain avait le tort d'avoir loué des grandes blouses noires quelques jours avant le drame, d'être barbu, d'avoir une amie rousse et d'être excentrique.

Après enquête, on apprend que Burlingham vit au milieu de jeunes peintres bohèmes. Ainsi, il préfère la marche à pied au chemin de fer et surtout se promène en sandales, ce qui lui vaudra le surnom de l'« homme aux sandales » repris par de nombreux journaux.

La police montre une photo de Burlingham à Marguerite Steinheil et celle-ci le reconnaît formellement. Des recherches sont alors entreprises dans toute la France.

L'amie rousse de M. Burlingham est aussitôt convoquée par la police, mais cette femme a un alibi pour la nuit du 30 au 31 mai 1908.

La police épluche alors les registres des théâtres, examine les dates d'engagement des comédiens. Les enquêteurs recherchent particulièrement toutes les figurantes qui ont reçu une amende pour retard à la fin du moi de mai. Ils pensent enfin avoir trouvé la femme rousse qu'ils cherchent, mais malheureusement pour eux, encore une fois, cette figurante peut prouver qu'elle était engagée dans une troupe qui jouait à Londres le 31 mai et que, ce jour-là, elle était en répétition en Angleterre. Il lui était matériellement impossible d'être à la fois à Paris le 30 mai à minuit et à Londres le 31 mai au matin.

La recherche de la femme rousse à « la bouche hideuse » n'aboutit pas.

La presse va encore une fois plus vite que la police : M. Frederic Burlingham est retrouvé en province le 11 novembre par un journaliste du *Matin* qui publie même sa photo. Il est ramené à Paris et, le **15 novembre**, la police organise une petite mise en scène pour que la Veuve rouge puisse identifier formellement l'un de ses agresseurs.

Marguerite est dissimulée dans une voiture en compagnie d'un inspecteur de façon à pouvoir voir sans être vue. M. Burlingham est filé, et, quand il passe devant la voiture maquillée de la police, la belle Meg assure que c'est l'un des assassins. D'après le témoignage de l'inspecteur, elle en est si émue qu'elle manque s'évanouir.

Quand il apprend qu'il est reconnu et accusé, Frederic Burlingham demande à être confronté à Mme Steinheil. Il a un alibi solide pour la nuit du 30 au 31 mai puisqu'il peut prouver qu'il se trouvait dans un hôtel des environs de Dijon.

Il réussit aussi à convaincre les policiers qu'il a loué de longues blouses noires pour aller au bal costumé des *quat'zarts*, à Montmatre.

Très rapidement, les policiers s'aperçoivent que M. Burlingham n'a joué aucun rôle dans cette affaire et que Mme Steinheil s'est lourdement trompée ou les a bernés.

Après l'histoire des bijoux prétendument volés et l'accusation fantaisiste lancée contre M. Burlingham, Mme Steinheil continue de perdre de son crédit.

RÉMY ET LA PERLE VOLÉE

Au mois de novembre 1908, la belle Meg lance une nouvelle accusation. Le 19 novembre, en présence de Mariette, elle dit avoir découvert dans le portefeuille de son valet de chambre une lettre écrite par Marthe. Chargé de remettre cette lettre au fiancé de Marthe, Rémy l'aurait ouverte et gardée. Plus grave, Mme Steinheil dit avoir retrouvé une perle qui faisait partie de la liste Azur des bijoux volés.

Le **20 novembre** c'est M. Chabrier, le cousin de Marguerite, qui va remettre la perle à M. Hamard.

Rémy Couillard est arrêté et aussitôt interrogé. S'il reconnaît avoir détenu une lettre de Marthe dans son portefeuille, il nie farouchement avoir volé une perle. Il est emprisonné en attendant la fin de l'enquête à son sujet.

Ce nouveau rebondissement, très important pour la recherche de la vérité sur le meurtre, s'effondre très vite. Un journaliste du *Matin* dément rapidement cette accusation. Il affirme qu'il était présent quand le portefeuille a été ouvert la première fois et qu'il ne contenait alors pas de perle. Elle y a donc été placée après. Cette information est confirmée par le bijoutier Souloy, qui reconnaît la perle comme ayant fait partie des bijoux à transformer et qui dénonce encore une fois la belle Meg.

La situation de la Veuve rouge devient intenable : la police, la justice, la presse et l'opinion publique sont à présent persuadées de sa culpabilité ; qualifiée de mythomane, de fantasque et de calculatrice, elle est aux abois et prête à tout pour s'en sortir. Son insistance à tromper la justice est pour tous la preuve qu'elle cherche à cacher la vérité.

La nuit des aveux

On s'attend à ce que Meg avoue, mais c'est au contraire un coup de tonnerre qui éclate le **26 novembre 1908** ; *Le Matin* titre : « Les aveux de Madame Steinheil : je connais le coupable ».

Dans un entretien avec le journaliste de Labruyère, la belle Meg se confesse de façon surprenante, aucunement arrêtée par l'échec de ses précédentes accusations.

Le journaliste du *Matin* et Marcel Hutin, de *L'Écho de Paris*, se sont rendus impasse Ronsin, le 25 novembre au soir, pour obtenir les confidences de Marguerite Steinheil, mais c'est le premier quotidien qui les publie.

Elle s'explique sur l'accusation portée contre Rémy Couillard :

> « Pourquoi avoir menti et fait arrêter un innocent ?
> – Pour détourner les soupçons, mais vous ne comprendriez pas. »

Un peu plus loin dans l'entretien, elle accuse un nouveau venu sur la scène : Alexandre Wolf, le fils de sa cuisinière Mariette.

> « C'est Alexandre Wolf, le fils de Mariette, qui a tué. Il est entré dans la chambre de Marthe, j'ai crié, mon mari est venu et Alexandre l'a tué. Il est ensuite allé dans ma chambre et a tué maman. Il est revenu et m'a

dit : "Je te fais grâce à cause de ta fille, mais si tu parles je dirai que tu m'as aidé à tuer." Je me suis évanouie et j'ai caché les bijoux pour simuler un cambriolage.
– Pourquoi avoir relancé une affaire classée ?
– Pour me justifier au regard de quelqu'un dont j'ai perdu l'amour et auquel il ne faut plus que je pense. »

Alexandre Wolf, le fils de la cuisinière Mariette, est un grand gaillard blond âgé de vingt-huit ans.

Il a été occasionnellement modèle pour le mari de Mme Steinheil et a exercé d'autres professions.

Actuellement, il est maquignon, c'est-à-dire vendeur de chevaux et est donc amené à se déplacer fréquemment.

Il vit séparé de sa femme, une comédienne, fréquente les bars à vins et se déplace beaucoup ; il a la réputation d'être un fier-à-bras un peu aventurier, un homme volage et un joyeux luron.

Heureusement pour lui, il a un alibi pour la nuit du 30 au 31 mai : après avoir livré un cheval à un client à Paris, il est allé de café en café avec des amis jusqu'à 2 heures du matin. Il a dansé, bien chahuté, et les patrons des bars se souviennent de son passage.

Les autres journaux, jaloux du succès du *Matin*, qui s'approprie cette affaire, parlent de l'emprise de de Labruyère sur Mme Steinheil. Ce journaliste a en effet une mauvaise réputation. C'est un reporter très actif et sans scrupules qui avait déjà fait parler de lui quelques années auparavant, quand il travaillait au journal *L'Éclair*. Il avait alors écopé de quinze mois de prison pour avoir accompagné de Paris à Trieste un anarchiste russe recherché par toutes les polices d'Europe et avoir tiré de ce voyage un bel article.

Mme Steinheil relance l'affaire

Alors que l'enquête avait toutes les chances d'être classée faute de preuves, Mme Steinheil relance elle-même l'affaire en livrant au juge et aux journaux des révélations sensationnelles.
Depuis sa lettre à *L'Écho de Paris*, dans laquelle elle reprochait à la police de ne pas bien faire son travail, elle a multiplié les accusations fantaisistes. Elle s'en est prise successivement à : Frederic Burlingham, un artiste américain original ; Rémy Couillard, son valet de chambre ; Alexandre Wolf, le fils de sa cuisinière.
Toutes ces dénonciations n'ont pas résisté aux confrontations avec les différents accusés et, par ses mensonges successifs, Mme Steinheil devient plus que suspecte. Elle se retrouve en prison pour un an.

Ce journaliste n'est pas du tout apprécié en haut lieu, car il multiplie les attaques contre M. Hamard et le juge Leydet et prétend découvrir lui-même les coupables. Le garde des Sceaux se dit prêt à sévir énergiquement contre tous les journalistes qui s'immiscent dans l'instruction et se substituent à la police et à la justice. Ces mises en garde sont soutenues par Clemenceau en personne, qui encourage les poursuites à l'encontre de M. de Labruyère.

De plus, au ministère de la Justice, on n'arrive pas à comprendre comment des journalistes ont pu obtenir les aveux de Mme Steinheil dans la nuit du 25 novembre, alors qu'elle avait été interrogée longuement le jour même par le juge Leydet, sans résultat.

Dès la première heure, Mme Steinheil se rend chez le chef de la Sûreté et maintient ses accusations, abandonnant la version des hommes en lévite qu'elle avait jusque-là fermement défendue.

La confrontation avec Alexandre Wolf tourne rapidement à l'avantage de celui-ci et permet de constater rapidement que le fils de la cuisinière n'est pour rien dans cette affaire. Marguerite dit qu'elle s'est trompée, mais le juge Leydet est contraint de lui annoncer son inculpation et son incarcération.

Chapitre 3
La prison

Marguerite est incarcérée, sous haute protection, à la prison de Saint-Lazare. La maison d'arrêt de Saint-Lazare, qui sera détruite en 1935, était, avec la Petite-Roquette, un lieu de détention réservé aux femmes, tenu par des religieuses. Le régime des détenues était considéré comme un des plus souples de Paris.

On accuse la belle Meg de s'être débarrassée de son mari pour épouser l'un de ses amants et d'avoir étranglé sa mère afin d'hériter de l'argent.

Le juge n'a aucune preuve contre elle, mais il lui reproche surtout d'avoir trop fait parler d'elle et, par ses accusations non fondées, de s'être moquée de la justice.

La présence de la Veuve rouge dans ces murs suscite une grande curiosité : une femme ayant fréquenté les salons les plus huppés condamnée à vivre dans un bâtiment assez vétuste, très humide et très froid, dans la promiscuité, est un tableau qui excite l'imagination des foules. Il y a d'ailleurs environ mille cinq cents badauds devant la porte de la prison le jour de son arrivée.

Ce jour-là, Mme Steinheil reçoit la visite de Marthe, sa fille. Elle supporte très mal sa nouvelle condition, puisque, lors de sa première nuit en prison, elle veut se suicider et demande de la strychnine à sa gardienne.

Dès sa première convocation chez le juge après son incarcération, Meg proteste avec indignation :

> « Vous avez commis une monstruosité à mon égard. J'ai été la victime d'une tentative d'assassinat et j'ai poursuivi de toutes mes forces la vengeance de mon mari et de ma mère. Cet assassin, je l'ai dénoncé et c'est moi que l'on arrête. »

L'ENQUÊTE REDÉMARRE

Malgré la décision d'inculper Marguerite, les révélations du *Matin* sont considérées comme un camouflet pour le juge Leydet et celui-ci est remplacé dès le 26 novembre par le juge André qui, contrairement au précédent, n'a jamais mis les pieds dans le salon de Mme Steinheil.

Cette destitution tombe bien puisque, le même jour, un député interpelle à l'Assemblée le ministre de la Justice sur la façon dont l'instruction a été conduite.

Le juge André reprend l'initiative le jour même. Constatant les errements de son prédécesseur, il décide de redémarrer l'enquête depuis le début sans perdre de temps. Il dirige d'abord ses recherches sur l'amant inconnu cité par Mme Steinheil dans l'article du *Matin* et ordonne une perquisition de la villa du Vert-Logis, mesure qui n'avait pas été prise par le juge Leydet. Mais quelques mois se sont écoulés depuis le crime et les témoignages des riverains manquent de précision.

Pourtant, c'est la presse encore qui mène l'enquête plus rapidement que la police et qui publie, par l'intermédiaire du *Matin*, un entretien avec cet homme inconnu. Il s'agit de M. Borderel, un industriel quinquagénaire qui vit dans un château des Ardennes.

M. Borderel, le dernier amant

Le **28 novembre**, ayant vu son nom cité dans les journaux, M. Borderel se présente spontanément dans le bureau du juge d'instruction André pour donner sa version de sa liaison avec Marguerite Steinheil.

M. Maurice Borderel, veuf depuis quelques années, vit confortablement avec ses enfants dans les Ardennes. Celui que la presse n'appellera plus que le « châtelain des Ardennes » a rencontré Mme Steinheil le **15 février 1908** au cours d'une soirée organisée chez un ancien préfet. Elle lui a proposé de venir visiter l'atelier de son mari et il a accepté.

Ils deviennent amants au début du mois de mars, et M. Borderel rendra visite à Marguerite au Vert-Logis cinq ou six fois, jusqu'à la mi-mai. Entre-temps, comme la plupart des amants de Marguerite, il achète deux toiles à Adolphe.

C'est en mai que M. Borderel décide de rompre progressivement avec Mme Steinheil.

Depuis le double crime de l'impasse Ronsin, ce monsieur a jugé plus prudent de couper toute relation avec Marguerite Steinheil, déclarant qu'il ne la reverrait que quand les assassins seraient découverts et quand elle serait « lavée de tout soupçon devant l'opinion publique ». Après sa déclaration, il retourne dans les Ardennes en souhaitant ardemment que son nom ne soit plus mentionné.

De nouvelles hypothèses

La découverte de cet amant par l'instruction éclaire les motivations de la belle Meg d'un jour nouveau. Ses déclarations dans les journaux semblent répondre à une nécessité envers M. Borderel, qui n'envisageait pas d'épouser une femme suspectée de meurtre. En outre, le châtelain des Ardennes était un fidèle lecteur de *L'Écho de Paris*, le quotidien que la belle Meg a choisi pour faire publier sa première lettre indignée du 31 octobre.

Ce même 28 novembre, le juge André convoque la cuisinière, Mariette Wolf, pour qu'elle décrive l'attitude de Mme Steinheil la veille du meurtre. Il soupçonne Marguerite d'avoir prémédité son crime en introduisant un narcotique dans le grog. Après l'audition de Mariette, il ordonne l'exhumation des deux victimes afin qu'on les soumette à une deuxième autopsie, portant cette fois sur les viscères.

En outre, il demande une analyse des verres apportés par Rémy pour le grog le soir du crime. Ces verres avaient été mis sous scellés le 1er juin, mais M. Leydet n'avait pas jugé utile de les faire analyser. Par ailleurs, il ne reste que deux verres à analyser puisque l'un d'entre eux a été cassé accidentellement par un enquêteur chargé de les transporter. L'analyse des empreintes digitales ne donnera rien.

Le 28 novembre encore, le journal antisémite *La Libre Parole* oublie que M. Steinheil a été étranglé pour avancer l'hypothèse de l'empoisonnement. Cela lui permet de soutenir encore une fois que l'affaire Steinheil est politique, comme l'était, selon ce quotidien, la mort de Félix Faure. Violemment antidreyfusard quatorze ans plus tôt, le journal d'Édouard Drumont veut faire croire que Félix Faure a été assassiné parce qu'il ne souhaitait pas rouvrir l'affaire Dreyfus, qui est encore dans toutes les mémoires.

Cette campagne de la presse d'extrême-droite sera d'ailleurs relancée un an plus tard, au moment du procès de Mme Steinheil.

Sans que l'on puisse préjuger des résultats de son enquête, le juge André donne au moins l'impression de vouloir s'occuper sérieusement de cette affaire.

Toujours le 28 novembre, c'est cette fois-ci le chef de la Sûreté, M. Hamard, qui, sur ordre du juge, vient interroger en prison Marguerite sur ses anciennes relations célèbres. Grâce aux fuites publiées par la presse, on apprend que parmi ces personnalités on compte notamment un président de la Chambre, un ancien juge d'instruction et surtout un sous-secrétaire d'État en exercice. Ces révélations donnent une nouvelle coloration politique à l'affaire et confortent les journaux soutenant que le gouvernement veut étouffer l'affaire.

Un climat de lynchage

Quand le juge André vient interroger Marguerite Steinheil à Saint-Lazare, il y a jusqu'à quatre mille personnes, selon la police, rassemblées devant le portail de la prison et criant « À mort ! ». Une partie des journaux et une frange de la population éprouvent une véritable haine pour cette « cocotte » de luxe qui a nargué aussi longtemps la justice.

Les rapports de la Veuve rouge avec les autres détenues sont aussi marqués par une curiosité hostile. Marguerite doit souvent faire face aux quolibets et aux insultes.

L'incarcération de Mme Steinheil déclenche un intérêt passionnel presque général : les chansons populaires ayant pour thème la chute de la belle Meg envahissent les rues de Paris. Les camelots qui vendent des gravures et des cartes postales illustrées font des affaires. Autre preuve de la passion que suscite à nouveau cette affaire, l'arrestation d'Alexandre Wolf est reconstituée devant la caméra pour ce qui était les débuts du cinéma d'actualités.

La vie très privée des époux Steinheil est une fois de plus déballée sur la place publique, et les interprétations les plus sordides trouvent des défenseurs. On rappelle les nombreux amants de la Veuve rouge, le stratagème de tante Lily, et l'on interprète l'attitude passive de M. Steinheil comme un signe d'hypocrisie. Même Mme Japy, la mère de Marguerite, est soupçonnée par certains journaux d'avoir été au courant des frasques de sa fille, mais de n'en avoir rien dit.

L'emprisonnement de Mme Steinheil et le redémarrage de l'enquête fournissent de beaux sujets aux journalistes. Ils rivalisent alors d'imagination pour éclairer l'affaire d'un jour nouveau.

Le 30 novembre, *Le Temps* publie une enquête sur la famille Japy sous la forme d'un entretien avec l'un de ses membres. Le père de Marguerite y est décrit sous un très mauvais jour : il aurait eu des relations avec sa fille et aurait été un alcoolique notoire.

Parallèlement, les rumeurs s'amplifient. On considère généralement que Marguerite Steinheil n'a pas été l'auteur du double meurtre, mais la complice d'un homme important.

Les bruits de couloir, repris par certaines gazettes,

parlent à son sujet d'un juge ou même d'un ancien ministre de la Marine.

L'intérêt des lecteurs est tel qu'une centaine de curieux se rendent régulièrement à l'entrée de l'impasse Ronsin pour observer les allées et venues des familiers de la villa des Steinheil. Des gardes sont alors postés à l'entrée de l'impasse.

La vie de Marguerite Steinheil en prison

Pendant un an, la vie quotidienne de Mme Steinheil en prison est rythmée par de longs et fréquents interrogatoires et par les visites de son avocat, maître Aubin. Un parloir chauffé et assez confortable était prévu à cet effet dans la prison de Saint-Lazare.

Hormis les visites très régulières de sa fille Marthe, Mme Steinheil a refusé que les membres de sa famille viennent la voir. Elle dit avoir honte de les recevoir dans le cadre de la prison de Saint-Lazare.

Pendant tout son séjour en prison, la belle Meg reçoit un courrier volumineux, dont beaucoup de lettres de menaces et de demandes en mariage. Elle a commencé à écrire ses mémoires qu'elle dit vouloir publier si elle est condamnée.

La troublante réputation de Mme Steinheil la suit jusqu'en prison. On la soupçonne fort d'avoir su gagner les bonnes grâces du directeur de Saint-Lazare, M. Pons, qui, selon le cousin de Marguerite, l'appelle « ma chère grande victime » après seulement quelques semaines d'incarcération. Les religieuses et les gardes l'appellent « Madame », ce qui est une marque de respect inhabituelle pour cet endroit.

M. Pons dit ouvertement qu'il est convaincu de l'innocence de la belle Meg qui est « affable et aimable avec tous ».

Toutes ces insinuations cherchent à jeter le discrédit aussi bien sur Mme Steinheil que sur l'Administration, même s'il est vrai que la belle Meg bénéficie de conditions de détention plus confortables que celles d'une détenue ordinaire.

La vie monotone de Marguerite Steinheil en prison est agrémentée des visites du graveur Fernand Desmoulins. Ils se sont rencontrés en prison, par hasard. En effet, M. Desmoulins visitait depuis des années les hôpitaux, puis les prisons pour, comme il l'a dit, « le relèvement moral des pauvres êtres abandonnés de tous ».

Un jour qu'il visitait une détenue de la prison de Saint-Lazare, il avait vu une femme en noir qui sanglotait. Ce qui l'avait ému, c'est que cette femme avait à la tête de son lit le portrait de sa mère.

Il s'était renseigné sur l'identité de cette femme mystérieuse et lui avait parlé lors d'une visite ultérieure. Ils avaient une connaissance commune, Émile Zola, visiteur occasionnel du salon de l'impasse Ronsin et ami de Fernand Desmoulins.

Fortement convaincu de l'innocence de Mme Steinheil, le graveur la soutiendra jusqu'au verdict.

La recherche du mobile du crime

Accompagnée de son avocat, maître Aubin, Marguerite Steinheil est convoquée à plusieurs reprises pour faire le récit de la nuit du crime, du 30 au 31 mai 1908. Depuis qu'elle est emprisonnée, elle est revenue à la version des hommes en lévite et n'en démord plus.

La recherche de la culpabilité

Quand on enquête sur un meurtre, la première question qui se pose concerne le mobile, en d'autres termes, à qui profite le crime ? Dans l'affaire Steinheil, aucune raison valable ne permet d'accuser Marguerite. L'argent ? S'il est vrai qu'elle hérite une partie des rentes de sa mère, son ménage était néanmoins trop endetté pour que cet héritage puisse les combler.
L'amour ? L'amant de Marguerite, Maurice Borderel, n'était pas du tout disposé à l'épouser. La haine ? Rien ne permet d'avancer que Mme Steinheil détestait son mari et sa mère au point de les tuer. Une autre façon de montrer qu'elle est coupable de l'assassinat de l'impasse Ronsin consiste à prouver qu'il y a eu préméditation. Là encore, ce ne sont que suppositions puisqu'il est impossible de prouver que l'éloignement du chien de garde et le report du départ à Bellevue aient été prévus.

Début décembre, le juge André continue à mener ses interrogatoires tambour battant. Son bureau reçoit un défilé de témoins, happés dès leur sortie par les reporters.

Le 3 décembre, Marguerite Steinheil quitte la prison de Saint-Lazare à 7 heures du matin pour être conduite au dépôt attenant au Palais de justice. Elle patiente dans une cellule du quartier des femmes et est reçue dans le bureau du juge à 13 h 30. Il veut essayer de découvrir si la désunion du ménage Steinheil, les querelles fréquentes et le manque de ressources de l'artiste constituent des motifs d'assassinat suffisants.

S'appuyant sur de nombreux témoignages, il dresse

un tableau assez défavorable de l'évolution des rapports entre Meg et son mari.

Il produit une lettre écrite par Marguerite à son mari dans laquelle elle exprime ce cri du cœur :

> J'en ai assez de vivre auprès d'un homme qui a vos mœurs, vous me dégoûtez.

Mme Steinheil ne peut que reconnaître ces faits, mais elle soutient que ses liaisons faisaient vivre son ménage et qu'elle n'avait aucune raison de rompre l'accord tacite qui existait entre elle et son mari.

Concernant le manque de ressources, il apparaît que les Steinheil ont organisé une exposition de peinture, en avril 1908, dans leur villa pour essayer de vendre des tableaux d'Adolphe. Cette exposition a été un succès, mais le produit de la vente a tout juste permis de rembourser les dettes les plus criantes. Début mai, le couple Steinheil est à nouveau à court d'argent.

Après cinq heures d'interrogatoire, Meg est reconduite à la prison, non sans que l'on ait changé plusieurs fois de routes et de véhicules pour semer les nombreux curieux.

Marguerite et sa mère

Le lendemain, le juge André convoque à nouveau Mme Steinheil pour quatre heures d'interrogatoire.

Il affirme qu'il s'est tracé un plan très minutieux et qu'il entend le respecter scrupuleusement. Pendant cette séance de questions consacrée aux relations entre Marguerite et Mme Japy, le juge André veut essayer de répondre à la question : Marguerite aimait-elle sa mère ?

Meg affirme d'abord qu'après sa fille Marthe sa mère était la personne qu'elle aimait le plus au monde, puis elle finit par admettre qu'elle conservait quelques motifs de rancune envers elle.

Il s'agit d'abord de son mariage avec Adolphe Steinheil. On ne peut pas dire qu'il ait été véritablement un mariage d'amour, et Marguerite avait subi des pressions de la part de sa sœur et de sa mère pour accepter la demande du peintre. Elle dit au juge que ses sœurs ont été avantagées et qu'elle a été sacrifiée, ne recevant qu'une petite dot.

L'autre raison de sa rancœur, c'est l'argent. Mme Steinheil dit au juge André qu'elle n'acceptait pas de faire vivre sa mère, alors que celle-ci dilapidait tous ses revenus.

Mme Japy reprochait à Meg sa vie de luxe, ses réceptions mondaines mais, comme l'explique Marguerite, c'est grâce à elles qu'elle pouvait satisfaire à sa demande comme à celle de son mari.

Après ces deux interrogatoires, la belle Meg apparaît comme une bienfaitrice harcelée par sa mère et volant au secours de son mari. Mais est-ce une raison suffisante pour les faire disparaître ?

La préméditation

Après dix mois d'enquête, la culpabilité de Marguerite Steinheil n'a pas pu être établie, mais le juge se pose la question de la préméditation. Est-ce que la venue de la mère de Marguerite impasse Ronsin était préparée ou bien s'est-elle décidée au dernier moment ?

Marguerite décrit d'abord sa journée du 30 mai. Elle est allée faire des provisions qu'elle a rapportées au Vert-Logis. Elle a ensuite déjeuné à Bellevue avec sa fille, qui ne se sentait pas très bien.

L'après-midi, ils se sont tous promenés en forêt et Meg a ensuite pris seule le train pour revenir à Paris. Elle est allée à la banque retirer 6 000 francs, puis est revenue chez elle, impasse Ronsin.

Les interrogatoires de Meg sont généralement interrompus par ses sanglots ou ses évanouissements. Le rappel de certains événements, ou même simplement l'évocation d'un épisode mêlant sa fille « Marthon » la mettent dans tous ses états.

Grâce au témoignage d'un ami de Mme Japy, le juge apprend que celle-ci avait dans un premier temps l'intention de se rendre chez sa fille Juliette, à Paris, avant de rendre visite à ses deux autres enfants. Cependant, comme Juliette habitait au cinquième étage et que Mme Japy souffrait des jambes, elle a préféré dormir chez Marguerite.

Il était prévu que toute la famille Steinheil se rende à Bellevue dès le 30 mai, mais Mme Steinheil a décidé de repousser ce voyage au lendemain matin. Il faut à présent déterminer à quel moment la belle Meg a pris la décision de rester impasse Ronsin pour la nuit fatidique. Elle affirme au juge que c'est la veille au soir, quand elle a constaté l'état de santé de sa mère, qu'elle a jugé préférable de remettre leur déplacement à Bellevue. Pourtant, le gardien de la villa, qui habite dans l'impasse, affirme au contraire qu'il savait dès le 30 au matin que les époux Steinheil seraient présents ce soir-là.

Pour preuve, les Steinheil n'avaient pas pris les dispositions qui accompagnaient d'habitude leurs déplacements à Bellevue. Quand ils partaient au Vert-Logis, Rémy Couillard s'installait pour la nuit au rez-de-chaussée dans le salon muni d'un revolver en compagnie du chien de garde, Turc. Or, le 30 mai au matin, le chien avait été éloigné de la maison et Rémy n'avait pas reçu l'ordre de dormir au rez-de-chaussée. Le juge écarte provisoirement l'idée de préméditation, faute de preuves.

Les dernières pistes

L'enquête policière et les interrogatoires du juge André s'enlisent progressivement.

Pourtant, on a encore cru deux fois tenir un coupable. La première fois, c'est un rapin, amant d'une femme rousse, qui a été soupçonné d'être l'un des trois barbus en lévite. Arrêté, conduit à la Santé, il est d'abord relâché avant d'être à nouveau emprisonné à la prison du Cherche-Midi, puis il bénéficie d'un non-lieu définitif.

En **mai 1909**, une nouvelle piste est jugée suffisamment sérieuse pour entraîner un complément d'enquête. Tout part des révélations d'un cambrioleur. Cet homme, aidé d'une femme, essaie de cambrioler une église dans un village situé près de Versailles. Arrêté, il fournit au juge le nom du « cerveau », Tardivel, qui se serait vanté d'avoir participé au crime de l'impasse Ronsin. Tardivel nie toute implication, mais les journaux prennent d'abord cette piste au sérieux, d'autant que le malfaiteur habitait rue de Vaugirard, à proximité de la villa des Steinheil, au moment du drame.

Toutefois, ils doivent bien vite déchanter car Tardivel est mis hors de cause.

Pendant ce temps-là, l'avocat, maître Aubin, voit sa demande de liberté provisoire pour sa cliente rejetée.

Après beaucoup d'hésitations sur la nomination du président de la cour d'assises, la date du début du procès est finalement fixée au 3 novembre 1909 devant les assises de la Seine.

Chapitre 4
Le procès

Presque un an après le début de son incarcération, le procès s'ouvre devant les assises de la Seine, le **mercredi 3 novembre 1909**, pour juger Mme Steinheil, accusée d'assassinat et de parricide. Il y a environ quatre mille pièces au dossier, et cent cinquante témoins sont appelés à comparaître.

Le cadre et les acteurs du procès

Le président est M. de Valles, qui a la réputation d'être sévère, mais courtois.

L'avocat de Marguerite Steinheil, maître Antony Aubin, est assisté de maître Landowsky et de maître Steinhardt.

L'avocat général, maître Trouard-Riolle, comme le juge Leydet, ne songe pas à se récuser alors qu'il a connu l'accusée en d'autres circonstances. Au début du procès, les journaux satiriques vont s'en donner à cœur joie sur le thème : un visiteur du salon de l'impasse Ronsin dans le rôle du défenseur public de la morale outragée.

Pour éviter tout débordement pendant l'audience, le public a été limité et trié sur le volet. Il se compose uniquement de professionnels : journalistes, avocats, hommes de loi.

Les simples curieux ont été relégués dans le fond de la salle, debout, derrière une barrière.

La veille du début du procès, le président des assises a en effet expliqué qu'il ne voulait pas que la salle d'audience se transforme en salle de café-concert, comme cela s'était vu par le passé lors de certains procès.

Ainsi, on avait même vu des gens dîner et faire sauter des bouchons de champagne, ou encore commenter bruyamment des interventions pendant les audiences.

Les appareils photo sont normalement interdits dans la salle d'audience, mais cela n'empêchera pas les correspondants des principaux journaux de prendre discrètement des clichés pendant le procès.

Mme Steinheil, qui est de confession protestante, a demandé avant le procès de pouvoir être assistée d'un pasteur pendant les audiences, mais cela lui a été refusé.

Tout est en place pour le procès qui, pendant onze jours, ne quittera pas la première page des journaux.

Ce procès va permettre de mieux connaître Marguerite Steinheil, mais va-t-il éclairer le mystère de l'impasse Ronsin ?

S'agit-il d'un crime crapuleux, comme va le soutenir la défense, d'un crime domestique, selon la thèse de l'accusation, ou encore d'un crime politique comme l'écrivent certains journaux ? On attend beaucoup des débats de la cour d'assises et l'on souhaite que les points obscurs de l'enquête – et ils sont nombreux – soient éclaircis afin de trancher une fois pour toutes.

Pourtant, il faut se rendre à l'évidence, c'est plus un faisceau de présomptions que des preuves directes qui est opposé à Marguerite Steinheil.

La première audience

Ce procès très attendu aurait dû attirer la foule, mais le nombre de places dans la salle d'audience est limité à soixante-dix personnes environ pour éviter tout débordement. Pour y accéder, il faut retirer ses places à l'avance. Les candidats spectateurs devront donc faire jouer leurs relations ou payer une bonne somme pour obtenir le privilège d'observer la belle Meg.

Le marché noir se met en place : dès la veille de la première audience, plusieurs dizaines de miséreux qui ont réussi à se procurer des places passent la nuit devant les grilles du Palais pour être les premiers à les revendre.

Le mercredi 3 novembre au matin, ils seront une centaine.

La composition du jury

Les douze membres du jury qui vont siéger pendant onze jours sont tous des hommes, et l'on remarque que les ouvriers sont bien représentés.

Voici leurs professions : il y a un mécanicien, un maçon, un cuisinier, un boulanger, un ajusteur, un employé, un négociant, un compositeur de musique, un rentier et trois propriétaires, dont l'un est également le chef du jury.

À midi précis, le procès s'ouvre par le tirage au sort des douze jurés et des deux jurés supplémentaires, sous la présidence de M. de Valles, en robe rouge, et de ses trois assesseurs. Ni l'avocat, ni l'avocat général ne récusent l'un des jurés désignés par le sort.

Après ces formalités préliminaires, Mme Steinheil fait son entrée dans le box des accusés, encadrée par deux gardes. Le visage pâle, très digne, elle est habillée tout en noir et coiffée d'une toque ornée de perles.

Elle écoute, impassible, les douze jurés qui, tour à tour, prêtent serment. Le greffier lit l'acte d'accusation et le président prend la parole pour informer Marguerite sur la façon dont elle pourra se défendre :

> « Votre défense doit être absolument libre, vous avez le droit de dire ce que vous voudrez, quand vous le voudrez. »

La belle Meg s'en souviendra.

Contrairement à ce qui s'était passé lors de procès précédents, le président va interroger Marguerite Steinheil pendant presque trois jours. Oubliant parfois l'impartialité à laquelle il est normalement tenu, il se fera bien souvent le porte-parole de l'accusation, ce qui lui sera reproché après le procès.

L'enfance de Marguerite

Le président de Valles, le dossier d'instruction sous les yeux, a décidé de suivre l'ordre chronologique pour retracer, pas à pas, la vie de l'accusée.

Après avoir demandé à l'accusée de décliner son identité, il retrace son enfance à partir des divers témoignages recueillis lors de l'instruction.

Marguerite Japy est née le 16 avril 1869 ; son père était Édouard-Louis Japy et sa mère Émilie Rau.

Le couple Japy a eu quatre enfants au total. Juliette,

née en 1862, est l'aînée : elle est devenue Mme Herr après son mariage avec un ingénieur et habite Paris. Julien Japy, après avoir démissionné de l'armée, est percepteur dans l'Oise. Marguerite est la troisième enfant. La dernière fille est Eugénie, à présent Mme Séry, qui habite en Tunisie, à Bizerte.

M. Japy, sans être richissime, vivait très confortablement. Il avait été directeur de l'entreprise industrielle familiale de Beaucourt, puis avait travaillé comme agronome sur l'exploitation qui appartenait aussi à la famille Japy.

Lors d'un interrogatoire, un témoin vivant à Beaucourt fait allusion à l'alcoolisme du père de Marguerite. Le président demande alors à l'accusée :

« ... si vous voulez en parler. »

La belle Meg réplique aussitôt :

« Ce qu'il y a dans le dossier est un tissu de mensonges. Mon père n'a jamais été un ivrogne. On lui a nui parce qu'il avait épousé une femme sans dot, la fille d'un aubergiste qui n'avait que seize ans. »

Le président de Valles continue en rapportant le témoignage précis d'une maîtresse d'école qui se souvient de Marguerite quand elle avait cinq ans :

« Dans le dossier, votre maîtresse dit que vous étiez attrayante, caressante mais menteuse. »

Une autre institutrice, qui donnait des cours à Marguerite à son domicile, est plus élogieuse sur la personnalité de son élève.

« C'est qu'elle a vécu plus longtemps avec moi », réplique Mme Steinheil.

Les enquêteurs sont allés rechercher le professeur d'équitation qu'avait Meg quand elle était enfant : il dresse également un portrait favorable de l'accusée.

Vient ensuite la déposition du professeur de dessin et de peinture qui a bien connu l'accusée quand celle-ci avait entre dix-sept et vingt ans.

Elle décrit Marguerite Steinheil comme « très adroite mais superficielle, menteuse, avec des talents de comédienne. C'était une élève captivante, prenante, séduisante. »

Mme Steinheil intervient :

« C'est elle qui a brisé mon mariage avec le lieutenant. Sa langue est plus mauvaise que son pinceau. Comment voulez-vous que je n'aie pas un sentiment mauvais pour cette personne qui a osé dire que j'avais un fils naturel.
– On dit pourtant que c'est votre père qui a brisé votre mariage. Il s'est mis, paraît-il, dans une colère terrible quand il a appris votre relation avec ce jeune lieutenant.
– Mon père s'est mis en colère quand il a appris l'infamie de mon professeur de dessin.
– Votre père vous a renvoyée à Bayonne, où résidait votre sœur mariée, Juliette, pour vous arracher à ce milieu et empêcher ce mariage.
– S'il m'a envoyée à Bayonne, c'était pour arrêter toutes les rumeurs. On a même dit que j'étais enceinte du lieutenant au moment de mon départ et plus tard cette rumeur m'a suivie et des journaux ont osé écrire que c'est mon enfant naturel qui serait complice du meurtre de l'impasse Ronsin.
– La légende est absurde et romanesque », concède le président.

Le mariage de Marguerite

« C'est à Bayonne, deux mois après votre arrivée, que vous avez appris la mort de votre père.
– Il est mort subitement à cause des méchancetés et des horreurs dites contre sa fille préférée. Des lettres anonymes m'ont accusée d'avoir été la cause de sa mort.
– C'est encore à Bayonne que vous avez rencontré Adolphe Steinheil, votre époux. Il appartenait à une famille honorable. Son père, mort en 1885, était artiste peintre mais surtout verrier. C'est lui qui a participé à la rénovation des vitraux de la cathédrale de Strasbourg, de Notre-Dame et de la Sainte-Chapelle. Adolphe Steinheil a été formé par son père, mais il est devenu plus peintre que verrier. Est-ce que ce sont vos goûts personnels et mondains qui l'ont fait changer ?
– Non, c'est qu'il n'avait plus de commandes de l'État comme verrier.
– Avec votre mariage, vous entriez dans une famille d'artistes et, ce qui ne vous déplaisait pas, vous alliez habiter Paris.
– Vous avez tort, cela m'était indifférent.
– Pourtant, dès votre arrivée, vous avez le désir de créer un salon que fréquentent les gens les plus connus et les plus estimables. À force de volonté, de ténacité, de patience, d'amabilité et de bonne grâce, vous avez créé et gardé un salon très fréquenté alors que vous aviez une situation de fortune relativement modeste. Tous les témoins ont dit votre habileté à donner à votre intérieur modeste l'apparence d'un luxe qui ne correspondait pas à votre fortune.
– Ce n'était pas le grand luxe. Si j'ai eu un salon pour recevoir des gens importants, c'est parce que malheureusement la peinture ne peut pas se vendre à tout le monde. Je devais m'en occuper car mon mari ne savait pas vendre. Le salon, c'était aussi pour ma famille et

tous ceux qui venaient me demander de l'aide. Vous savez, j'ai fait beaucoup de bien.
– Votre mari ne savait pas vendre. Il était sombre, travailleur, consciencieux et fortement attristé dans les derniers mois de son existence. Il avait un esprit peu pratique.
– Il était simple, même trop simple, ne demandait rien à personne. Quand j'ai pris mon mari qui était plus âgé que moi, je croyais que j'allais trouver en lui un protecteur. Je me suis trompée, c'est lui qui a été soutenu par moi. »

M. de Valles en vient ensuite aux rapports plus intimes entre les époux.

« Votre mari était profondément triste de ses malheurs conjugaux.
– Non, monsieur le Président, je n'ai jamais voulu qu'il le sache.
– Vous n'avez pourtant pas toujours défendu votre mari.
– Si je l'ai sali à l'instruction, c'est parce que le magistrat instructeur m'a poussée contre lui. Mon instruction a été un martyre. Le juge a été épouvantable pour moi. J'ai toujours défendu mon mari, c'était un timide. »

Le président ne peut laisser dire cela.

« C'est pourtant vous qui, le 10 mars 1908, avez confié au docteur Acheray, votre ami et confident, que votre mari avait des mœurs infâmes ?
– C'étaient des lettres anonymes qui l'accusaient d'avoir des relations avec certains de ses modèles hommes.
– C'est encore vous qui avez demandé au docteur si les décoctions de pavot que prenaient votre mari étaient dangereuses.
– C'est vrai qu'il lui arrivait d'en prendre.
– Vous avez également dit à M. Borderel que votre mari était un saligaud.

– Non, il l'a inventé, mais si dans un moment d'affection, de tendresse d'un amant avec sa maîtresse, j'ai pu dire que je n'aimais pas mon mari, c'est bien naturel.
– Vous lui avez déclaré précisément, je lis : "Je suis une malheureuse, une femme très triste dans son ménage. Mon mari est paresseux et n'a aucune énergie et c'est un saligaud qui a des mœurs contre nature.
– Je suis étonnée. »

Le ton monte

Le dialogue entre le président et Mme Steinheil prend une autre tournure quand elle évoque ce qu'elle a dû endurer depuis le double crime de l'impasse Ronsin. En réponse, le président sort de sa réserve.

« C'est donc à cause de M. Borderel que je suis restée un an en prison.
– C'est à cause de vos mensonges successifs, de vos perfidies, de vos fausses pistes.
– Avec une autre femme que moi, on n'aurait pas fait dépenser à la France 23 000 francs.
– Une autre femme n'aurait pas accumulé les mensonges.
– J'ai menti pour protéger ma vie de femme et pour ma fille.
– Je parle pendant l'instruction.
– Je n'ai fait que suivre les pistes que m'indiquaient les agents de la Sûreté et la justice.
– C'est la police qui vous a dit d'accuser Burlingham ?
– J'ai juste dit qu'il ressemblait à l'assassin.
– Et Rémy Couillard, il a quand même fait cinq jours de prison ?
– Des jeunes femmes sont en prison à Saint-Lazare depuis un mois pour un vol de poule.
– Et la piste des lévites, c'est la police qui l'a inventée ?
– Pas besoin, elle est vraie.
– Et la femme rousse ?

– C'est sur une photo de la police que j'ai cru la reconnaître.
– Heureusement qu'elle avait un alibi !
– N'est-ce pas le rôle de la police que de vérifier les renseignements qu'on lui donne ? »

Mme Steinheil se défend avec acharnement, n'hésitant pas à proférer des accusations dès qu'elle est mise en cause. De son côté, le président de Valles espère peut-être que dans le feu de la discussion Mme Steinheil abandonnera ses calculs et sa prudence et fera des révélations.

Le président reprend sur le même thème.

« Si l'instruction a été longue, c'est parce que vous avez donné des fausses pistes. L'épisode de Burlingham a immobilisé beaucoup d'agents pendant plusieurs mois pour obtenir un dossier de deux cents ou trois cents pièces inutiles.
– Je dis à messieurs les jurés, de toute mon âme, que c'est parce que des agents m'ont parlé de cette piste pendant cinq mois, deux fois par jour.
– Et la femme rousse ? On a cherché toutes les femmes rousses de Paris. Il y a un rapport de deux cents pages, pour rien.
– La police n'a peut-être pas cherché là où elle aurait dû le faire. »

Après cet échange vif, M. de Valles demande à Mme Steinheil de revenir sur la nuit tragique.

La Veuve rouge défend sa première version des faits, celle des trois barbus vêtus de lévites et de l'horrible femme rousse.

Le président la laisse finir, puis lui dit :

« Mais vous êtes revenue sur ces aveux. »

Alors, Marguerite s'enflamme et se lance dans une longue tirade pour expliquer ses revirements ; elle y met beaucoup de conviction et tend les bras, telle une comédienne de théâtre.

« J'étais tous les jours entourée de quarante journalistes qui me disaient de leur faire confiance. J'ai eu confiance en eux, puis j'ai perdu la tête, comme avec Burlingham. Les journalistes me disaient que Rémy savait quelque chose, qu'il était coupable. Quand Hutin et de Labruyère sont venus chez moi, j'étais affolée. Ils m'ont fait peur, ils m'ont torturée. Je ne voulais pas lui faire de mal, juste lui faire avouer. J'ai mis la perle dans son portefeuille pour qu'il soit arrêté et obligé de parler. Je me repens. Je demande à Rémy de me pardonner.
Ensuite, on m'avait tellement dit que la justice était mon ennemie, que je ne devais pas croire en elle, que j'ai redit les mêmes choses à M. Hamard. Une fois à Saint-Lazare, j'ai repris ma tête et dit toute la vérité. Je jure sur la tête de ma fille que le crime a été commis par trois hommes vêtus de lévites, accompagnés d'une femme rousse. Je ne changerai jamais, messieurs les jurés. »

Marguerite Steinheil, sincère ou non, a réussi à capter son auditoire et à faire partager son émotion au public présent dans la salle d'audience.

Les infidélités de la belle Meg

Pour terminer son premier tour d'horizon, le président en vient aux amants de la belle Meg.

« Votre mari ne savait rien ?
– Je vous l'affirme.

– Et tante Lily ?
– L'histoire de tante Lily a été inventée par un ami qui était aussi un ami intime de mon mari et qui est aujourd'hui décédé. C'est lui qui en a parlé le premier à Adolphe. Je n'ai pas créé tante Lily, je l'ai juste fait vivre. »

Ce sujet gêne visiblement la Veuve rouge, qui refuse d'en dire plus : « J'ai déjà tout dit sur tante Lily, je ne veux plus en reparler. »

Marguerite se tourne alors vers les jurés et leur lance un cri du cœur d'une voix mélodramatique, justifiant ainsi son nouveau surnom de « Sarah Bernhardt des assises » :

> « J'ai pleuré sur ma vie coupable, je vous demande pardon, messieurs les jurés. En prison je me suis repentie. Je n'ai pas été pour ma fille la mère que j'aurais dû être. Plaignez-moi et que les mères qui m'entendent sachent que j'ai souffert. »

Après cette plainte destinée aux jurés, le président décide de suspendre la séance.

À la reprise, le président de la cour d'assises, ne souhaitant pas que la tournure qu'a prise l'audience avant la suspension se répète, demande à Mme Steinheil d'être plus calme et plus réservée. Il souhaite en effet examiner plus rapidement tous les éléments du dossier.

M. de Valles indique qu'une lettre importante d'Adolphe Steinheil, datée du **10 mars 1908,** a été remise au juge André, écrite donc après qu'il eût découvert lui-même par hasard sur la table de nuit de sa femme une lettre enflammée de M. Borderel.

En voici la teneur. Adolphe écrit à sa femme pour la prier de ne pas s'engager dans une voie qui la perdra et lui recommande de penser à Marthe. Il conclut sa lettre par cette supplication :

Dis-moi qu'il n'est pas trop tard pour revenir en arrière et voyons ensemble comment agir. J'aurai toujours pour toi une admiration profonde.

Dans son commentaire, le président remarque que, contrairement à ce qu'a affirmé Mme Steinheil, cette lettre prouve que son mari savait beaucoup de choses sur ses infidélités. De plus, cette pièce du dossier éclaire la personnalité de M. Steinheil.

« Cet homme connaissait son déshonneur, mais il était résigné.
– Nous étions libres de vivre chacun de notre côté.
– Votre mari montre un défaut de dignité.
– Je ne connaissais pas cette lettre, sinon on ne l'aurait pas retrouvée.
– Vous avez brûlé les autres lettres pendant que vous étiez en liberté.
– Vous m'accusez de choses épouvantables.
– Je vous accuse d'avoir brûlé vos lettres. C'est établi tout au long de la procédure.
– Vous me reprochez d'avoir fait des dossiers énormes.
– Non, ne me faites pas dire ce que je n'ai pas dit. Vous ne lasserez pas ma patience.
– Ni la mienne non plus, monsieur le Président, car je suis forte de mon innocence.
– J'entends garder la direction des débats. »

Malgré cette lettre sans équivoque, Marguerite continue d'affirmer que son mari ignorait tout de ses relations. Elle se justifie en expliquant que la plupart de ses amants étaient aussi de bons amis de son mari.

Les besoins d'argent de Marguerite

Le président quitte alors ce terrain délicat pour l'accusée, abordant un sujet plus favorable à la belle Meg, celui de l'argent. Il commence par faire l'éloge de l'accusée.

> « À votre décharge, il s'est formé sur vous une légende inexacte de femme d'argent. Je constate que cela n'apparaît pas dans la procédure. Si elles avaient eu dans les mains les amants que vous avez eus, des professionnelles du métier auraient fait fortune. »

Mme Steinheil confirme.

> « Je ne me suis jamais vendue. »

Le président de Valles en vient aux témoignages concordants qui indiquent que les époux Steinheil avaient des difficultés financières, et même des dettes, quelques mois avant le drame. Les gages de Mariette et de Rémy n'étaient pas tous honorés et il y avait des ardoises chez tous les commerçants du quartier.

Leur situation financière s'était dégradée, parce que M. Steinheil avait pratiquement cessé de peindre et que les commandes de l'État n'arrivaient plus.

Pour y remédier, il y eut, comme nous l'avons dit, une exposition de peinture organisée impasse Ronsin début avril. Grâce aux efforts de Marguerite pour faire venir des acheteurs potentiels, Adolphe Steinheil réussit à placer la plupart de ses toiles, mais l'argent gagné à cette occasion fut rapidement englouti par le remboursement des dettes.

Par ailleurs, Marguerite avait rompu avec son amant attitré, M. Chouanard. Après des menaces et des supplications, il avait fini par accepter de continuer à payer le loyer du Vert-Logis, mais il ne participait plus aux frais d'entretien courant. Quant à M. Borderel, la belle Meg ne lui demandait pas encore d'argent.

Mme Japy

Après cette parenthèse, le président des assises en vient à parler de Mme Japy, mère de l'accusée, et de son emploi du temps lors des deux jours qui ont précédé le meurtre.

Il rappelle que Mme Japy avait plusieurs domiciles et vivait de ses rentes. Son habitation principale était un grand chalet à Beaucourt, mais elle possédait aussi un appartement à Paris qu'elle occupait fort peu.

Elle avait gardé des contacts avec tous ses enfants et se rendait aussi bien à Paris pour voir Marguerite ou Juliette, dans l'Oise pour Julien, qu'en Tunisie pour rendre visite à sa dernière fille, Mme Séry, dite « Mimi ».

Mme Japy dépensait une grande partie de ses rentes dans des travaux de transformation de sa propriété de Beaucourt, et c'est d'ailleurs en raison de gros travaux dans son jardin qu'elle avait dû remettre plusieurs fois son voyage à Paris vers la fin du mois de mai 1908. Après un séjour au début du mois de mai, Mme Japy devait initialement revenir à Paris le 23 mai, mais, comme elle souhaitait surveiller le travail des jardiniers, elle avait repoussé son départ au 26. Ce n'est finalement que le **vendredi 29 mai** qu'elle était arrivée à Paris en train à la gare de l'Est.

Mme Japy avait d'abord prévu de se rendre chez sa fille aînée, Mme Herr, mais, souffrant beaucoup des jambes à cause de ses rhumatismes et d'une mauvaise chute, et sa fille Juliette habitant au cinquième étage, elle s'était laissé convaincre par Marguerite de venir dormir chez elle, impasse Ronsin. Un court séjour à Bellevue faisait aussi partie du programme.

L'emploi du temps deux jours avant le drame

Après ce rappel, le président et Mme Steinheil essaient de reconstituer ensemble la journée du vendredi 29 mai 1908. En effet, l'enquête n'a pas pu déterminer d'une façon définitive si la décision de ne pas aller à Bellevue le samedi soir a été prise au dernier moment ou non. Le président de Valles veut donc savoir ce qui s'est passé au cours des deux jours qui ont précédé le crime pour établir s'il y a eu préméditation ou non.

En fin d'après-midi, Marguerite a quitté le Vert-Logis pour aller chercher sa mère gare de l'Est. Elles se sont rendues en métro à l'impasse Ronsin où se trouvaient Rémy et M. Steinheil. Marthe Steinheil était au Vert-Logis avec la cuisinière, Mariette, et son fiancé, Pierre Buisson. Comme Émilie Japy venait surtout à Paris pour que Marguerite l'accompagne dans ses démarches en vue d'obtenir de l'avancement pour Julien, les deux femmes décidèrent après le dîner d'aller le lendemain au ministère, puis de passer la soirée à Bellevue si Mme Japy se sentait mieux. Comme celle-ci avait encore mal aux jambes, Marguerite envoya un message au docteur Acheray pour qu'il vienne examiner sa mère le lendemain matin.

Avant d'aller se coucher, Mme Steinheil massa les jambes de sa mère, qui s'était installée dans sa propre chambre.

Le président, à peine aidé par Marguerite Steinheil, poursuit sa reconstitution.

Quand le docteur Acheray arrive au 6 *bis*, impasse Ronsin le samedi matin de bonne heure, il a la surprise de constater que Mme Japy est déjà habillée et se sent en pleine forme.

Les époux Steinheil décident alors de maintenir le dîner prévu le soir à Bellevue. Curieusement, aucune démarche au ministère n'est effectuée dans la journée. Mme Japy va rendre visite à sa fille Juliette et a beaucoup de mal à gravir les cinq étages, puis se rend dans son appartement parisien inoccupé.

M. Steinheil passe la journée dans son atelier de l'impasse Ronsin. Mme Steinheil fait des courses et va déjeuner avec Mariette, Marthe, son fiancé et le père de celui-ci, au Vert-Logis. L'après-midi, ils font une promenade en forêt.

À 4 heures de l'après-midi, Mme Steinheil est revenue à Paris. Elle charge Rémy de livrer le cadeau de mariage à la fille de M. Chouanard : il s'agit d'une statuette enrobée de coton et bien ficelée avec des cordelettes.

M. de Valles fait remarquer que l'on reparlera de ces matériaux, puisque le coton et les cordelettes ont servi à bâillonner et à ligoter les victimes du drame.

Les époux Steinheil et Mme Japy se retrouvent le soir impasse Ronsin pour le dîner qui précède la nuit tragique.

À 17 h 30, Marguerite dit au président qu'elle se sent très fatiguée. Celui-ci lève alors la séance.

La deuxième audience

Tous les journaux ont été très impressionnés par la combativité et l'énergie avec lesquelles la belle Meg s'est défendue lors de la première audience.

L'aplomb de l'accusée suscite l'admiration, mais ne convainc pas toujours.

Un journaliste du *Matin* comparera d'ailleurs l'assurance dont Mme Steinheil fait preuve à celle d'une maîtresse de maison qui a une longue pratique des réceptions.

Avant de reprendre son interrogatoire, le président de Valles revient sur les débats de la veille et, très civilement, demande une nouvelle fois à l'accusée de se montrer plus calme et plus pondérée dans ses réponses. Il ne veut omettre aucun détail et demande donc à ce que l'on procède par ordre.

Il poursuit ensuite l'interrogatoire de Marguerite en revenant sur la journée qui a précédé le drame.

L'insolence de Mme Steinheil

Le dossier d'instruction fait apparaître que la veille du drame, Marguerite a demandé à ce que le chien, Turc, soit éloigné. Y aurait-il préméditation ?, se demande M. de Valles.

> « Il y a trois versions différentes pour expliquer l'éloignement de ce chien de garde : il sentait mauvais, il aurait abîmé un dessin ou il n'aboyait jamais. L'accusation en fait une arme contre vous. Pourquoi l'avez-vous éloigné ?
> – Il avait abîmé un dessin de mon mari, c'est Rémy qui a dit que ce chien sentait mauvais.
> – Nous allons toujours être en contradiction sur les détails.
> – Ce sont des détails inutiles qui nous font perdre du temps.
> – Si nous n'avions pas perdu autant de temps hier, nous serions beaucoup plus avancés aujourd'hui. »

La belle Meg change subitement de ton et fond en larmes.

« C'est épouvantable d'être accusée d'un crime que je n'ai pas commis. »

Son avocat demande au président un peu plus d'humanité, et l'accusée, remise de ses émotions, s'écrie : « Vous devez tenir égales les balances de la Justice et vous, vous mettez un kilo d'un côté ! »

Le président ne relève pas et passe à la soirée du samedi 30 mai.

« Au repas du soir une soupe fut servie, contrairement aux habitudes, et vous n'y avez pas touché.
– Je ne me sentais pas très bien.
– Il est vrai que cela ne peut pas servir d'arme.
– Je n'ai pas peur des armes, ce sont des armes en bois que vous avez contre moi.
– Ce qui est ennuyeux, c'est que monsieur l'avocat général en tirera argument.
– Eh bien, tant mieux pour l'avocat général !
– Madame, je sais que vous avez été habituée à être choyée, encensée et je comprends que vous éprouvez aujourd'hui du chagrin, mais l'heure des madrigaux est passée.
– Je ne prendrais pas le parti d'être accusée, devrais-je en mourir en sortant d'ici. »

Et le président revient à la soirée du drame.

« Vous êtes montés dans les chambres à 21 heures, qu'avez-vous fait ?
– J'ai massé les jambes de ma mère après avoir retiré mes bagues et les avoir déposées sur la table de chevet.
– Qui a fait les pansements, votre mère ou vous ?
– Ce sont des détails oiseux.
– Répondez-moi.
– C'est ma mère.
– Qu'avez-vous fait ensuite ?

– Mon mari et moi avons préparé des grogs, puis je me suis couchée et mon mari m'a apporté un autre grog dans ma chambre. La porte de ma chambre est restée ouverte et j'ai dû m'endormir vers 23 heures.
– Refaites-nous le récit de la nuit du crime. »

La belle Meg s'exécute d'une voix monotone, visiblement ennuyée d'avoir à répéter ce qu'elle a si souvent déclaré au juge. Elle reparle des trois hommes en blouse noire, de la femme rousse, des menaces et de son évanouissement.

Après avoir entendu la Veuve rouge débiter son récit, le président de Valles lui demande d'expliquer ses nombreux revirements dans ses témoignages. Il dresse devant elle la liste de ses déclarations contradictoires entre le 31 mai et le 26 juin, mais l'accusée a une ligne de défense immuable :

« Si j'ai changé, c'est que j'étais affolée ».

Poussée dans ses derniers retranchements, elle affirme :

« Si j'ai varié, c'est que j'étais de bonne foi. Coupable, j'aurais appris plus soigneusement ma leçon. »

Enfin, quand le président entre dans les détails et lui demande quelle est la bonne version, elle répond invariablement qu'elle ne se souvient pas.

Quand M. de Valles insiste, elle rétorque :

« Qu'on me batte, mais ne me torturez pas.
– Dites juste la vérité. Au début vous dites avoir été frappée à la tête par deux coups de bâton, puis que c'est faux.

– J'avais perdu la tête.
– Les médecins qui ont relevé sur vous les traces de ligotage ont dit que c'était du "chiqué".
– Si mes liens étaient desserrés aux pieds, c'est que je me suis beaucoup débattue pour tenter de me délivrer.
– Le tampon d'ouate qui vous a soi-disant bâillonnée n'était pas dans votre bouche.
– À force de gymnastique, j'ai pu le faire tomber de ma bouche.
– Il était sur l'oreiller. Le docteur Balthazard l'a examiné et il dit qu'il n'a jamais été au contact de l'eau, ni de la salive.
– Il y avait plusieurs tampons, il s'est trompé.
– Nous examinerons cette question avec les docteurs.
– Parfaitement, les témoins se disputeront, ce sera plus drôle.
– Ce ne sera pas drôle, madame, car vous êtes accusée d'avoir tué votre mère.
– Je suis innocente. Je suis indignée par vos insinuations. »

Marguerite Steinheil se sent alors défaillir et le président suspend la séance sur cette parole déplacée de Marguerite.

L'accusé surprise

Mme Steinheil se sentant mieux, l'audience est sur le point de reprendre quand, coup de théâtre, maître Aubin, son avocat, intervient et donne au président une lettre qu'on vient de lui remettre pour qu'il la lise.

Cette lettre, signée d'un dénommé Jean Lefèvre, contient les aveux d'un homme qui se dit le complice du meurtre de l'impasse Ronsin et l'amant de Mme Steinheil. Il est présent dans la salle et dit se mettre à la disposition de la justice.

M. de Valles parle de mauvais plaisant, mais ne veut pas courir le risque de passer à côté d'une révélation capitale ; il demande donc à l'accusé surprise de venir à la barre.

Le public frémit d'impatience et se délecte à l'avance de ce rebondissement inattendu.

Un jeune homme assez gauche et très ému s'approche et affirme que Marguerite a été sa maîtresse. Il a acheté une perruque rousse et une blouse noire avec un ami pour se débarrasser du mari gênant. Ils sont allés ensuite dans une forêt pour brûler ces déguisements compromettants. Marguerite Steinheil le regarde d'un air incrédule et dit ne l'avoir jamais vu.

M. Lefèvre explique sa lettre par son sentiment de culpabilité.

L'avocat et le président le bombardent alors de questions très précises pour le confondre.

Malheureusement pour tous les amateurs de sensationnel, cet accusé surprise n'y résiste pas. Il est vite confondu et ressort du Palais de justice entre deux gardes. Il n'y aura pas de dénouement romantique au procès de Marguerite Steinheil.

Le président conclut ainsi cet épisode : « L'incident est clos. Une heure vient d'être perdue pour la justice, c'est lamentable. »

Après sa déposition qui a fait sensation, le jeune Jean Lefèvre est conduit chez le substitut. Comme il refuse d'indiquer son domicile et qu'il n'a que 20 centimes sur lui, il est inculpé de vagabondage.

Le lendemain, le juge André convoque le jeune homme. Après huit heures d'interrogatoire, il avoue s'appeler René Collard, être âgé de dix-sept ans et habiter chez ses parents. Il a tout lu sur l'affaire dans les journaux et a même dans sa poche un portrait de

Mme Steinheil découpé dans *L'Illustration*. Il dit avoir agi non pas par amour, mais pour gagner un pari, et il gagne le surnom de « Chevalier Collard ».

Le juge décide d'abord de le maintenir en prison pour vérifier ses dires : son faux témoignage risque de lui coûter de deux à cinq ans d'emprisonnement.

Finalement, il est remis en liberté le 11 novembre après s'être repenti de son intervention.

Le vif du sujet

Après cette interruption, le président obtient le silence et se tourne de nouveau vers Mme Steinheil. Il en vient directement à ce qui lui est reproché et demande à l'accusée de s'expliquer sur toutes les invraisemblances de l'affaire qu'il va passer en revue.

En reprenant les termes de l'accusation, il envisage l'existence de complices et se demande si la présence de Mme Japy dans la villa pendant la nuit du crime ne doit pas être considérée comme un moyen pour Mme Steinheil de se disculper.

Il en vient ensuite au mobile du double meurtre, mais Meg est catégorique.

> « Pourquoi tuer ma mère ? Je l'adorais. Et mon mari ? Pour récupérer 52 000 francs de dettes ?
> – Pourquoi les hommes vêtus de lévites sont-ils venus sans ficelle, les mains vides ?
> – Et les revolvers ?
> – Ils ne s'en sont pas servis. C'est étrange, ils ont cherché chez vous les instruments du crime et, prudents, ils ont remis les petits bouts de ficelle en place dans le placard de l'office.
> – Ils vous l'ont dit, monsieur le Président ? »

L'insolence de Marguerite n'atteint pas le président.

« Pourquoi n'ont-ils pas fouillé le rez-de-chaussée, la salle à manger pour chercher l'argenterie ? Cela ne vous paraît pas invraisemblable ?
– Pas du tout. Ils ont peut-être entendu du bruit.
– Et pourquoi n'a-t-on relevé aucune trace de boue ?
– Comment voulez-vous que je le sache, j'étais ligotée.
– Pourquoi vos coupables ont pu vous prendre pour votre fille ?
– C'était fréquent.
– Alors pourquoi vous ont-ils épargnée ?
– C'est vrai que c'est un mystère que j'ai essayé d'expliquer sans y parvenir. »

Le président continue son tour d'horizon des questions non résolues.

« Comment se fait-il que l'on ait retrouvé des traces d'encre dans votre chambre ?
– Je faisais toujours ma correspondance au lit. J'ai dû secouer ma plume un peu trop fort.
– Oui mais pourquoi a-t-on trouvé une tache d'encre sur votre genou, mais pas sur vos draps ou votre lingerie ?
– Il y en avait au bord du lit et puis vous ne pensez quand même pas que j'ai retroussé ma chemise pour me faire cette tache !
– Venons-en à la pendule comtoise. Vous avez entendu votre mère vous appeler à minuit et la pendule a été arrêtée par une main étrangère à minuit dix. D'après l'accusation, il s'agit d'une mise en scène calculée pour établir un alibi à votre complice qui pourra ainsi dire : "À cette heure-là j'étais ailleurs."
– Si j'avais eu un complice vous l'auriez trouvé.
– Admettez que beaucoup de choses restent inexpliquées.

– Les malfaiteurs avaient un intérêt que j'ignore. Je n'y suis pour rien, c'est à la police de trouver. »

Un récit copié sur un modèle ?

Voyant qu'il ne pourra rien tirer de plus de l'accusée sur les invraisemblances de son récit de la nuit du crime, le président de Valles expose alors une hypothèse avancée pendant l'enquête pour expliquer les détails assez extravagants du crime : le récit de Marguerite Steinheil aurait été, volontairement ou non, influencé par une affaire similaire. Dans cette optique, deux sources sont possibles.

La première est un roman dans lequel un meurtre est commis qui met en scène des hommes avec une barbe et de longues blouses noires. Des livres de cet auteur ont été retrouvés dans la bibliothèque des Steinheil, mais ce roman n'y figurait pas.

D'après les recherches effectuées, la deuxième source d'inspiration pourrait être un fait divers qui remonte à plusieurs années : à Montbéliard, c'est-à-dire pas très loin de Beaucourt, un homme avait tué sa femme en lui enfonçant un tampon de coton dans la bouche. Il avait ensuite essayé de maquiller ce crime en cambriolage. Marguerite Steinheil, qui avait alors seize ans, devait certainement avoir entendu parler de ce drame.

L'accusée nie toute imitation, et le président, comme avant lui les enquêteurs, ne peut prouver quoi que ce soit.

La journée du 4 novembre se termine sur ce constat d'échec.

L'insolence et le détachement de Marguerite Steinheil ont fait assez mauvaise impression. Ses talents de comédienne reconnus par tous n'ont pas réussi à masquer le fait qu'elle répondait toujours de façon évasive quand les questions se faisaient précises.

Le public peut lire dans la presse le portrait d'une femme qui a les nerfs à fleur de peau, mais qui est incomparable pour changer de registre au bon moment.

La troisième audience

À midi précis, le procès reprend ce **vendredi 5 novembre** avec la poursuite de l'interrogatoire de Mme Steinheil. Le président de Valles revient sur l'interruption de la veille de l'accusé surprise en précisant aux jurés que c'était simplement un curieux qui voulait voir Meg de près.

La séance débute par l'« histoire des bijoux ». Mme Steinheil prétend que le jour du drame elle portait des fausses bagues. Avant de masser sa mère le 30 mai au soir, elle a retiré ses bagues et les a oubliées sur la table de nuit.

> « Comment avez-vous pu dire le 31 au matin qu'on vous les avait volées sans vous lever de votre lit ?
> – Je ne sais plus, je ne m'en souviens plus. »

Toujours selon l'accusée, les vraies bagues avaient été déposées à Bellevue, dans un carton. Elle affirme que ce n'est que quand Mariette lui a rapporté ce carton, le 11 juin, qu'elle s'est aperçue que sa bague Art nouveau n'avait pas été volée.

Marguerite Steinheil et le président

Lors des trois premières audiences du procès, on a assisté à un face-à-face souvent tendu entre l'accusée et le président.

Sortant fréquemment du cadre strict d'un interrogatoire judiciaire, Marguerite Steinheil est souvent parvenue à orienter elle-même le débat et à manifester son indignation ou son émotion. Elle a mené la vie dure au président, qui, toujours courtois, a tout fait pour déstabiliser l'accusée. Toutefois, si Mme Steinheil a impressionné l'auditoire par ses talents de comédienne et son sens de la repartie, ses réponses évasives n'ont fait que renforcer les soupçons à son égard.

Le président de Valles préfère renvoyer l'examen de cet épisode compliqué au jour de la déposition du bijoutier chargé de transformer les bagues.

Le président poursuit, toujours chronologiquement, avec l'épisode de la perle prétendument retrouvée dans le portefeuille de Rémy Couillard le 20 novembre.

On peut se souvenir que Mme Steinheil avait retrouvé une lettre de Marthe destinée à son fiancé, Pierre Buisson, dans le portefeuille du valet de chambre et qu'elle y avait ensuite introduit elle-même la perle pour que les recherches s'orientent vers Rémy.

Marguerite Steinheil se justifie ainsi :

> « Je me suis demandé pourquoi Rémy avait gardé cette lettre pendant vingt-trois jours. Que voulait-il en faire ? Si c'était pour voler les deux sous de timbre, il l'aurait déjà fait. »

Après avoir mis la perle dans le portefeuille, Mme Steinheil, qui se trouve avec six autres personnes, appelle Rémy Couillard pour le confondre. Il panique et dit : « Je suis pris, je ne parlerai que devant le juge », ce qui, dit Meg, renforce encore plus ses soupçons.

Le président intervient durement :

« Ce n'est pas seulement une dénonciation calomnieuse, mais c'est un artifice calculé. Vous avez laissé accuser Rémy. »

La Sarah Bernhardt des assises

Pendant son procès, Marguerite Steinheil adopte les attitudes d'une comédienne : elle passe facilement du sourire charmeur aux larmes et peut prendre un air angélique ou laisser sa colère éclater.
Ce qui frappe surtout, c'est son toupet. Si pendant l'instruction Meg déclare au juge avec une fausse naïveté : « jusqu'en 1905, j'ai eu la délicatesse de recevoir mes amants dans des hôtels », c'est surtout pendant le procès qu'elle laisse libre cours à son sens de la repartie, à son humour grinçant et à sa violence verbale, passant fréquemment du rôle d'accusée à celui d'accusatrice.

Voici quelques morceaux choisis :

Sur l'acharnement de la justice à son égard :
« Avec une autre femme que moi, on n'aurait pas fait dépenser à la France 23 000 francs. »
« Vous devez tenir égales les balances de la Justice et vous, vous mettez un kilo d'un côté ! »
« On sait quels sont les trucs de la justice pour faire avouer les gens. »

Sur les fausses accusations qu'elle a lancées :
« Je n'ai fait que suivre les pistes que m'indiquaient les agents de la Sûreté et la justice. »
« N'est-ce pas le rôle de la police que de vérifier les renseignements qu'on lui donne ? »

Sur son sentiment d'être une victime :
« Vous savez, j'ai fait beaucoup de bien. »
« Plaignez-moi et que les mères qui m'entendent sachent que j'ai souffert. »
« Si j'ai varié, c'est que j'étais de bonne foi. Coupable, j'aurais appris plus soigneusement ma leçon. »

Le toupet de Marguerite Steinheil suscite à son tour la violence verbale de certains de ses contemporains.
Visiblement peu conquis par les talents de tragédienne de Meg, Paul Léautaud écrit par exemple dans son *Journal*, à la date du 26.11.09 : « Toute la femme est bien là au complet : hystérie, mensonge, comédie, duplicité, absence de sens moral, raisonnement faux, bêtise incommensurable. »

Une nouvelle polémique

Marguerite a l'air désarçonnée et ne sait quoi répondre. Elle s'en prend violemment à la justice.

« On sait quels sont les trucs de la justice pour faire avouer les gens.
– Jamais, madame.
– Il y en a des quantités.
– Je ne vous laisserai pas dire ça.
– Moi je le sais, j'ai été l'amie intime d'un juge.
– Pour l'honneur de la justice, jamais on ne viendra accuser un innocent en mettant dans sa poche une perle qu'il n'a pas volée. »

Le calme revient et Marguerite raconte au président ce qu'elle a fait après ses « aveux » de la nuit du 25 novembre.

« J'ai dit à Mariette que je voulais me tuer à la strychnine. Le lendemain, je suis allée directement chez MM. Leydet et Hamard. M. Leydet m'a dit : "Madame, je suis obligé de vous enfermer." J'ai été abrutie et je lui ai demandé : "C'est parce que j'ai menti pour la perle ?" Il m'a répondu "Oui". La première nuit à Saint-Lazare j'ai dormi, mais la deuxième nuit je ne peux pas vous dire ce que j'ai souffert. »

À ces mots, la Veuve rouge éclate en sanglots et s'écroule sur son siège. La belle Meg effondrée provoque visiblement la pitié de son auditoire.

Après une nouvelle suspension de séance, le président déclare qu'il a terminé d'interroger Mme Steinheil et que les premiers témoins du procès vont pouvoir être entendus.

Les premiers témoins à la barre

Comme la séance du jour a un peu traîné et que la soirée est déjà bien avancée, les longues dépositions des premiers témoins les plus importants sont remises au lendemain.

Ce vendredi 5 novembre, seuls des policiers sont entendus. L'un des inspecteurs présents sur les lieux du drame dès 7 heures du matin vient dire qu'il n'avait pas eu l'impression de se trouver en présence d'un cambriolage, car les pièces de la villa étaient peu en désordre.

Le témoignage des deux autres agents qui étaient en faction rue de Vaugirard, près de l'entrée de l'impasse Ronsin, et qui sont également arrivés sur les lieux très rapidement, n'apporte rien de nouveau. L'un des deux agents affirme simplement que Mme Steinheil l'a prié d'aller voir son mari et sa mère pour prendre de leurs nouvelles.

En revanche, le témoignage de l'inspecteur Pouce fait sensation. Il connaît assez bien l'accusée, puisqu'il a été chargé de s'occuper de la liste des bijoux volés, puis d'organiser la confrontation avec Burlingham. Il décrit son rôle dans l'enquête, puis déclare spontanément qu'il croit à l'innocence de Mme Steinheil. L'avocat général se dit offusqué et assure qu'il demandera des sanctions contre l'inspecteur.

L'audience est levée. La journée qui vient de s'achever a été particulièrement éprouvante pour Mme Steinheil. Elle est reconduite à sa cellule de Saint-Lazare, dîne rapidement et va se coucher.

La quatrième audience

La journée qui s'annonce est celle des témoins à charge, et tout le monde prédit des moments difficiles à Marguerite Steinheil.

Rémy Couillard, le valet de chambre

La quatrième audience débute par l'audition du valet de chambre, Rémy Couillard. On attend beaucoup de sa déposition, car il connaît probablement certains des secrets de la maison et il est le premier à avoir découvert les corps. En outre, on ne sait pas comment il va réagir après avoir été accusé fin 1908 par Mme Steinheil du vol d'une perle et avoir effectué pour cela cinq jours de prison.

Le tout jeune Rémy bredouillant son récit devant la police le 31 mai 1908 au matin a laissé la place à un jeune homme sûr de lui et même légèrement arrogant, vêtu d'un uniforme des dragons, puisqu'il est en période militaire pour deux ans à Provins.

Il commence sa déposition d'une voix ferme en rappelant qu'il est entré au service de Madame l'année précédente, en 1907, puis il poursuit en répétant ce qu'il a fait les 30 et 31 mai.

« Le 30 au soir, j'ai porté la bouteille de cognac et les verres à Mme Steinheil et je suis allé me coucher. Je n'ai rien entendu pendant la nuit. Le 31, je me suis réveillé à 5 h 30 au lieu de 6 heures, car Madame voulait partir rapidement à Bellevue. En descendant dans l'escalier, j'ai entendu qu'on m'appelait "Rémy, Rémy". C'était Madame, mais sa voix était modifiée. Je suis allé dans sa chambre. Madame était ligotée, mais il m'a suffi de tirer légèrement sur le nœud pour dégager ses pieds. Ses couvertures étaient légèrement relevées. Après avoir découvert les corps de M. Steinheil et de Mme Japy, j'ai aussitôt appelé du secours. »

Le président l'interrompt.

« Un voisin présent sur les lieux, M. Lecocq, a déclaré que c'était lui qui avait délié les pieds de Mme Steinheil.
– Non c'est moi.
– Comment Mme Steinheil était-elle attachée ?
– Elle avait les mains liées et croisées sur le ventre et les ficelles n'étaient pas plus serrées que celles des chevilles. »

Le président lit alors un extrait de sa déposition.

« "Ma maîtresse avait les bras liés derrière le cou."
– Je n'ai jamais dit cela ! Il y avait une autre corde autour du cou de Madame.

– Et le tampon d'ouate ?
– Il se trouvait à côté de sa figure sur l'oreiller. »

L'avocat de Mme Steinheil, maître Aubin, intervient.

« Dans le procès-verbal, vous dites qu'elle l'avait sur la bouche. »

Le procès-verbal discrédité

Ces contradictions importantes entre la déposition de Rémy et le contenu du procès-verbal débouchent sur une discussion concernant la façon dont le témoignage du valet de chambre a été recueilli.

Pour obtenir plus de précisions, le président appelle le commissaire Buchotte à la barre, en présence de Rémy.

« Les déclarations de M. Couillard ne concordent pas sur des points importants avec ce qu'il a déclaré sur le procès-verbal. Expliquez-vous, commissaire. »

Le commissaire Buchotte explique qu'il a entendu Rémy Couillard sur les lieux du crime et qu'il s'est contenté de prendre des notes. Son secrétaire a ensuite mis en forme cette déclaration et convoqué Rémy au commissariat, qui a signé sa déposition.

Rémy intervient violemment.

« Je l'ai signée, mais on ne me l'a pas lue !
– Mes notes sont concordantes avec le procès-verbal. »

Le président intervient.

« Rémy Couillard vient de dire que les couvertures étaient légèrement relevées, un peu plus bas que le genou, mais dans le procès-verbal il a dit que Mme Steinheil était complètement nue.
– Le procès-verbal a été fait conformément à mes notes », répète le commissaire.

Le président ironise en égratignant au passage le travail des policiers.

« Les procès-verbaux de la Sûreté sont faits avec un soin que j'admire. Ils ont sur nous, la justice, une supériorité énorme : le mépris de la forme. »

Et il reprend :

« Commissaire, avez-vous lu le procès-verbal ?
– Non, c'est mon secrétaire qui a douze ans de maison qui l'a rédigé et me l'a fait signer. »

Les contradictions de Rémy

Maître Aubin vole au secours du commissaire pour enfoncer Rémy.

« Même sur les notes, Rémy Couillard a affirmé que Mme Steinheil était nue sur le lit, les bras en croix derrière la tête.
– Non, c'est faux, monsieur le commissaire ne m'a jamais interrogé sur la position de Mme Steinheil.
– Où étaient les tampons, M. Couillard ?
– À côté du lit de Madame.
– Pourquoi avez-vous déclaré qu'ils étaient appliqués sur sa bouche ?

– C'est faux, je ne l'ai jamais déclaré, et puis Madame n'aurait pas pu m'appeler si elle avait été bâillonnée.
– Les ficelles étaient enroulées autour de son corps et sous le lit ?
– Pas du tout !
– Pourtant, Mme Steinheil affirme qu'elle était attachée avec une seule ficelle et que cela la faisait souffrir quand elle essayait de se dégager, rappelle le président.
– Cela ne se pouvait pas, c'est impossible, affirme Rémy.
– Le commissaire n'a pas pu se tromper tout le temps, reprend maître Aubin.
– Le commissaire ne m'a jamais interrogé sur ces questions.
– Le jury doit comprendre à quel point c'est important, intervient le président. Rémy Couillard, maintenez-vous vos déclarations de tout à l'heure ?
– Oui, il y avait trois ficelles différentes, une aux pieds, une aux mains et une au cou. Je ne me trompe pas, c'est la vérité. »

Le président ne peut que constater que le procès-verbal a été très mal rédigé, mais il met cela sur le compte de l'affolement. Toutefois, les dénégations répétées de Rémy ne font pas bonne impression.

Le matin du crime

Le président revient à Rémy.

« Quand vous l'avez libérée, Mme Steinheil a-t-elle demandé des nouvelles de son mari et de sa mère, ou bien est-elle allée les voir ?
– Non.
– C'est vrai Madame ?
– Oui, j'étais épuisée par ma nuit, répond Marguerite, je n'avais plus la force de penser.

– Qu'avez-vous fait ensuite, Rémy Couillard ?
– Je suis allé chercher le docteur Acheray, qui habite à deux cents mètres de la villa. Il est arrivé vers 6 h 10, alors que les agents étaient déjà sur place.
– M. Couillard, que vous a dit ensuite Mme Steinheil ?
– Elle m'a demandé de me méfier et d'en dire le moins possible aux policiers. Elle a ajouté que je devais leur déclarer que des tapisseries avaient été volées.
– On ne sait d'ailleurs pas si ces tapisseries existent, puisqu'on n'a jamais retrouvé leur trace. »

La Veuve rouge est indignée et rétorque à Rémy.

« Écoutez, mon pauvre Couillard, je comprends que vous ayez beaucoup de choses sur le cœur contre moi, mais dites la vérité. J'ai beaucoup de chagrin de ce que j'ai fait et je vous en demande pardon.
– Je ne vous en veux pas, Madame, je suis sans rancune, je ne dis que la vérité. »

M. Lecocq, le voisin

Maurice Lecocq, qui habitait à côté de l'impasse Ronsin mais ne connaissait pas les Steinheil, est appelé à la barre. Son témoignage doit permettre de déterminer qui, de Rémy ou de lui, a défait les liens de Marguerite.

M. Lecocq a entendu les appels au secours de Rémy et s'est précipité au 6 *bis* de l'impasse. Il est monté directement au premier étage, puisque la porte de la cuisine était ouverte.

Il affirme qu'en arrivant il a pensé que Rémy était peut-être le coupable et il l'a poussé en direction de la chambre de Mme Japy. Il a découvert les deux corps et avoue qu'il les a touchés pour constater leur mort.

Quand il est arrivé dans la chambre de Mme Steinheil, sa tête et ses mains étaient libres. Seul le haut de sa poitrine était nu. Il rapporte que l'accusée a tout de suite parlé de « voleurs barbus avec de grands chapeaux accompagnés d'une femme » et qu'elle a réclamé sa fille.

Contrairement à ce qu'affirme Rémy, M. Lecocq est absolument catégorique.

> « Les pieds de Madame étaient encore solidement attachés aux barreaux et c'est moi qui les ai défaits.
> – Tout le monde peut en dire autant », s'insurge Rémy.

Le président joue les conciliateurs.

> « Ces incohérences sont dues à l'affolement compréhensible de la première heure. »

Et maître Aubin conclut, très satisfait :

> « Admettez aussi l'affolement de ma cliente. Rémy est en contradiction avec le commissaire, le témoin Lecocq et ma cliente : il est normal qu'il se contredise, mais il est libre. Marguerite Steinheil a encore plus de raison d'être émue et elle n'est pas libre. »

Les époux Geoffroy

Les époux Geoffroy, qui habitent dans l'impasse, rendaient des services aux Steinheil, en gardant, par exemple, leur villa quand ils étaient à Bellevue.

M. Geoffroy, le gendre de Mariette Wolf, vient affirmer qu'il a vu un homme louche à l'entrée de l'impasse vers minuit et demi le soir du crime, ce qui apporte de l'eau au moulin de la défense, qui soutient la thèse du cambriolage.

Mme Geoffroy, la fille de la cuisinière, avait accompagné Mme Steinheil et une garde-malade chez le comte d'Arlon après le drame. Pendant l'instruction, elle dément formellement la déposition de la garde-malade faite pendant l'instruction en assurant que Marguerite était alors très faible et dans un état grave.

Les deux beaux-frères

Le mari d'une des sœurs d'Adolphe Steinheil est ensuite appelé à la barre. Il habite rue de Vaugirard, près de l'impasse, mais ne rendait plus visite aux époux Steinheil depuis une dizaine d'années. Avec son témoignage, tout le monde comprend qu'il ne porte pas Marguerite dans son cœur.

Il rapporte qu'il avait un jour rendu visite à son beau-frère malade et qu'il avait remarqué que sa femme ne s'occupait pas de le soigner.

Il parle de « fêtes ruineuses » et de « luxe tapageur ». Ce beau-frère avait seulement gardé quelques contacts avec Adolphe, qu'il décrit comme un homme triste et très gêné financièrement.

Le matin du crime, il s'est rendu dans la villa et, en voyant des bijoux sur la table de nuit de Mme Japy et un seul meuble renversé dans le couloir, il a eu l'impression d'une mise en scène.

Il a inspecté la chambre de son beau-frère, mais a refusé d'aller rendre visite à Marguerite. Devant la cour, il imite alors les petits cris de désespoir, ridicules selon lui, que poussait Mme Steinheil, montrant ainsi tout le dégoût qu'il éprouve pour elle.

L'époux d'une autre sœur de M. Steinheil, très âgé, lui succède.

Il habite également dans le voisinage des Steinheil et est aussi fâché avec eux depuis une dizaine d'années.

Il était à la campagne au moment du drame et n'est arrivé dans la villa que vers midi. Comme l'autre beau-frère, il a refusé de rendre visite à Mme Steinheil, mais celle-ci a insisté le lendemain pour le voir.

Ce monsieur dit alors qu'il a été scandalisé et dégoûté par le maquillage outrancier de Mme Steinheil et qu'il a refusé de l'embrasser.

Marguerite contre-attaque

Le président rappelle que c'est lui qui a trouvé dans la chambre d'Adolphe Steinheil la fameuse lettre lue pendant la première audience dans laquelle le mari conseillait à sa femme d'interrompre sa relation avec Maurice Borderel.

Marguerite se lève alors dignement et interpelle le vieux monsieur.

> « C'est vous qui avez remis cette lettre au juge d'instruction ?
> – Oui.
> – Pourquoi avez-vous gardé cette lettre et attendu si longtemps avant de le faire ?
> – Je ne connaissais pas le juge Leydet, je l'ai gardée un peu. »

Marguerite se lance alors dans une longue tirade où elle donne une leçon à ce vieillard qui la déteste et qui en reste muet.

> « Votre beau-frère est mort et c'est moi qui suis ici. Vous l'avez sali, c'est une infamie. Vous, monsieur mon beau-frère, vous avez eu le courage de mettre entre les mains de la justice un papier sur lequel le juge a cru comprendre que mon mari savait la vérité. Mon mari n'était pas un homme qui aurait accepté de sa femme des choses dont il aurait rougi. Vous auriez dû avoir de l'affection pour lui, je ne dis pas pour moi. J'ai dû expier mes fautes, je les regrette, mais mon mari n'a jamais rien su. Vous avez accompli l'infamie qui restera toute votre vie sur votre conscience et dans le cœur de mon enfant. »

Le beau-frère ne trouve rien à ajouter et quitte la barre.

L'impression générale est que les deux beaux-frères de Marguerite, trop ouvertement hostiles à l'accusée, ont servi sa cause en en faisant une victime.

Les derniers témoins de la journée

Ce samedi se termine par l'audition de témoins secondaires.

C'est d'abord le docteur qui a examiné Marguerite Steinheil le lendemain du crime et qui a constaté, outre un état général déprimé, des ecchymoses légères et des bleus sur ses poignets et ses chevilles. Il a également relevé des égratignures sur le ventre et la jambe gauche, ainsi qu'une tache d'encre sous le genou.

Enfin, il conteste avoir parlé de « chiqué » à propos des liens, mais a remarqué que les ficelles n'étaient pas fortement serrées.

C'est enfin le directeur du Théâtre hébreu, qui réside à Londres et qui est assisté d'un interprète. Il confirme qu'il avait commandé quatre costumes de lévites pour la pièce Caïn et Abel et que trois d'entre eux ont été volés dans le panier qui avait été laissé sans surveillance dans un couloir.

Finalement, cette journée d'audience, qui s'annonçait très difficile pour la Veuve rouge, lui aura été favorable : tous les témoins à charge ont fait mauvaise impression et Marguerite Steinheil voit son image de victime renforcée.

Le dimanche de repos

Le **dimanche 7 novembre**, le tribunal fait relâche. Marguerite Steinheil passe la journée dans la prison de femmes de Saint-Lazare, profitant de ce jour de repos pour reprendre des forces et peaufiner sa défense.

Trois cents personnes sont massées devant le portail d'entrée de la maison d'arrêt, échangeant leurs impressions sur l'affaire.

Marguerite bénéficie d'un régime de faveur, car, contrairement aux autres détenues, elle est autorisée à se lever tard, puis à se faire livrer son repas par un restaurant voisin.

Vers 4 heures de l'après-midi, maître Steinhardt, l'assistant de maître Aubin, vient rendre visite à la belle Meg pour qu'ils précisent ensemble certains points du dossier. Elle se dit confiante dans l'issue du procès. En prévision des audiences éprouvantes qui l'attendent, elle va se coucher de bonne heure.

Le programme de ce **lundi 8 novembre** est assez peu chargé. C'est le jour où témoignent des voisins, des amis de la famille, ainsi que des médecins.

L'un des docteurs qui a examiné Mme Steinheil au lendemain du drame considère qu'elle présentait des « manifestations névropathes normales en raison des secousses qu'elle a subies ».

Les médecins à la barre

Le docteur Balthazard, qui a participé aux premières constatations et effectué les autopsies, confirme l'absence de toute trace de salive ou d'eau sur le tampon d'ouate, mais, après un vif échange avec Marguerite Steinheil, il ne peut affirmer qu'il s'agit du bon tampon.

Il précise ensuite à la cour qu'il a remarqué que les nœuds effectués pour ligoter Mme Steinheil étaient des nœuds de marinier ou de palefrenier.

Toujours selon ce médecin, les deux corps n'auraient pas été déplacés après leur mort : Mme Japy aurait été tuée dans son lit et M. Steinheil à l'endroit où on l'a retrouvé, c'est-à-dire dans le couloir entre les deux chambres. En entendant les cris de Mme Japy, il a dû se lever de son lit, appuyé sur son bâton de marche, et tomber nez à nez avec l'un de ses agresseurs. L'examen du corps d'Adolphe Steinheil laisse supposer qu'il n'a opposé aucune résistance. Le docteur Balthazard justifie d'ailleurs sa déduction en précisant que

M. Steinheil était d'une constitution assez faible et d'un tempérament particulièrement timoré.

L'assistant du médecin légiste, présent lors de la première autopsie de M. Steinheil et de Mme Japy, se présente à son tour. Ses conclusions sont les suivantes : Adolphe Steinheil a été étranglé avec les mains et un cordon n'a été placé autour de son cou qu'après sa mort. D'après cet assistant, il n'y aurait eu qu'un seul agresseur et non deux, comme on l'a pensé lors de la première autopsie.

Mme Japy est morte d'un arrêt cardiaque dû à une forte émotion. La présence du dentier sur l'oreiller n'est qu'une mise en scène.

Le docteur Acheray, le médecin de famille qui s'est rendu rapidement sur les lieux le matin du crime, donne ensuite une opinion favorable de Mme Steinheil. Il confirme toutes ses déclarations : il savait que M. Steinheil prenait du pavot et considère que les rapports entre les époux étaient bons.

Le fiancé de Marthe Steinheil

Pierre Buisson, le fiancé de Marthe, est ensuite appelé à la barre. Il déclare qu'il a effectivement passé la nuit du 29 au 30 mai à Bellevue et essaie surtout de convaincre la cour qu'aucun projet sérieux de mariage avec Marthe Steinheil n'était envisagé avant le crime. Depuis cette date, il n'a pas revu Marthe, sur les conseils de son père et de son oncle.

Sa déposition n'apporte aucun élément nouveau, mais sa présence et les distances qu'il prend avec les Steinheil provoquent une très vive émotion chez l'accusée, qui verse quelques larmes.

La journée se termine par la déposition d'un expert

en horlogerie qui confirme que la pendule comtoise venait d'être remontée et qu'elle n'a pas pu s'arrêter d'elle-même.

Les déclarations de Marguerite Steinheil ont été confortées par les témoins qui se sont succédé à la barre, et l'accusée n'a jamais été mise en difficulté durant cette cinquième audience. Si la presse considère que la défense a encore gagné du terrain, elle trouve aussi que l'on s'attarde trop sur les détails de l'affaire en négligeant l'essentiel : trouver le mobile du double crime et démontrer la culpabilité ou l'innocence de Meg.

La sortie du Palais de justice s'effectue dans la bousculade : environ cinq cents personnes attendent près des marches et se frotteront à la police venue les disperser.

La sixième audience

Cette journée s'annonce très intéressante, puisque l'on va y évoquer successivement l'« affaire des bijoux » et la « nuit des aveux ». On se souvient que l'accusée avait elle-même reconnu pendant l'instruction avoir menti, et tout le monde est curieux de voir comment la Veuve rouge va se justifier et se sortir des confrontations avec les témoins directs de ces deux épisodes.

La foule de miséreux ne s'y est pas trompée, qui est venue encore plus nombreuse que la veille pour essayer de vendre ses places.

Le bijoutier Souloy

La séance débute à midi par l'entrée du bijoutier Souloy, visiblement ému. Il connaissait les Steinheil depuis longtemps et était même leur obligé depuis que Mme Steinheil était intervenue pour repousser sa date d'incorporation et lui obtenir des permissions.

Voici son récit et le rôle qu'il a joué dans l'« imbroglio des bijoux ».

La transformation des bijoux

Le 12 juin 1908, Mme Steinheil lui téléphone pour qu'il vienne la voir chez le comte d'Arlon. Elle lui remet alors des bagues, des brillants, des perles et une broche et il reçoit à cette occasion des instructions formelles et précises : il doit transformer entièrement tous les bijoux qui lui sont confiés. Par exemple, il lui est demandé de retirer la perle d'une bague croisée et de lui appliquer un saphir provenant d'une autre bague, l'anneau de la bague saphir devant servir de monture à une autre perle.

Pour ne rien laisser dans l'ombre, le président fait distribuer à chaque juré un carton comprenant les dessins numérotés de tous les bijoux que le bijoutier a eus entre les mains, puis il s'adresse à l'accusée.

> « Je vais vous montrer les contradictions qui sont dans vos interrogatoires.
> – J'ai donné plusieurs versions parce que je voulais cacher le nom des amis qui m'avaient offert les bijoux. »

Le président décide d'examiner chaque bijou un par un pour que les jurés prennent connaissance de la transformation demandée, mais la discussion devient vite très confuse : la numérotation des bijoux dessinés dans les cartons ne correspond pas à celle de la liste Azur des bijoux déclarés volés qui avait été publiée dans les journaux. L'accusée, le bijoutier et le président entament alors un dialogue de sourds et parviennent difficilement à parler du même bijou en même temps.

Le président abrège alors l'examen minutieux du carton.

Le bijoutier affirme ensuite que, quand il a commencé à transformer les bijoux de Mme Steinheil, il n'avait pas eu connaissance de la liste Azur, adressée pourtant le 15 juin à tous les professionnels de la joaillerie. Il ne savait donc pas qu'il travaillait sur des bijoux déclarés volés.

Ce n'est que le 23 juin 1908 que M. Souloy découvre dans le journal la liste des bijoux volés et qu'il constate que certains d'entre eux sont en sa possession. Il contacte aussitôt la police et précise que, sur les douze bijoux présents sur la liste, il en a identifié cinq sans aucune hésitation.

Le 25 juin, il reçoit une lettre de Mme Steinheil le priant de fondre les montures pour que l'on ne reconnaisse pas les bijoux d'origine. M. Souloy remet cette lettre au juge d'instruction et est confronté à Mme Steinheil, qui déclare s'être trompée et ne pas avoir menti intentionnellement.

Les bijoux en double

M. Souloy n'a ensuite plus de rapports avec Mme Steinheil jusqu'au 14 novembre.

À cette date, l'accusée lui téléphone, l'air ennuyée, inquiète, pour lui demander s'il a conservé les montures des bagues qu'il a transformées.

Comme c'est le cas, elle le prie de fondre l'un des bijoux, la bague « gui », parce qu'elle prétend qu'il en existe deux exemplaires et qu'elle pourrait avoir des ennuis si quelqu'un voyait cette bague dans le commerce.

Marguerite intervient triomphalement.

« Vous avez la preuve qu'il y avait des bagues en double.
– C'est trop fort, dit l'avocat général.
– Où sont-elles ? » demande le président.

Marguerite change aussitôt de ton.

« Je vous prie, monsieur le Président, d'avoir vraiment pitié de moi.
– C'est toujours comme cela quand je vous demande quelque chose de précis. Expliquez-vous sur les bijoux doubles, il n'a jamais été prouvé qu'ils existent.
– J'ai donné toutes les explications, je suis à bout de forces.
– C'est trop commode de répondre cela. Nous attendrons l'expert et verrons avec lui. »

Maître Aubin a le dernier mot.

« On pouvait les chercher, ces doubles, pendant l'instruction. Quand on recherche le nom du cheval de selle que montait ma cliente le jour de sa première leçon d'équitation, on peut bien aller rue de la Paix vérifier une allégation ! »

Le président revient à la charge.

« Pourquoi avez-vous donné l'ordre de fondre les montures ? Et ne dites pas : "Il ne faut pas torturer une malheureuse femme."
– J'ai fait cela pour ma fille. Je voulais faire disparaître les montures, mais garder les perles pour elle. »

Maître Aubin interroge à son tour le bijoutier pour tenter d'excuser le mensonge de sa cliente.

« Vous n'avez eu en définitive que cinq bijoux entre les mains sur les douze de la liste Azur. Où sont les autres ?
– Je ne sais pas.
– Je rappelle qu'on a aussi publié une liste de onze bijoux volés à Mme Japy. Onze plus douze, cela fait vingt-trois. Vous n'avez parlé aux jurés que de ces cinq bijoux.
– Parfaitement. »

Les orfèvres

M. Souloy est autorisé à quitter la barre et il est remplacé par son commis.

Il était présent lors de la confrontation entre Mme Steinheil et M. Souloy, le 25 juin 1908, et il en rapporte une anecdote. Quand il est entré dans le bureau du juge d'instruction, Marguerite a cru voir en lui l'un des assassins de l'impasse Ronsin et s'est sentie mal. Moment d'égarement ou mauvais numéro d'actrice ? Toujours est-il qu'on est allé immédiatement chercher un médecin et que Mme Steinheil s'est excusée, affirmant que les cheveux noirs et la moustache du commis l'avaient effrayée.

Trois orfèvres chargés d'authentifier les bijoux se succèdent ensuite pour communiquer leurs rapports.

L'un de ces experts, qui a dressé la liste Azur des bijoux volés, est pris à partie par maître Aubin, qui essaie encore de faire passer les mensonges de sa cliente pour des erreurs.

« Vous avez pris une bague turquoise pour une autre, sans vérifier auprès de l'orfèvre qui l'avait fabriquée.
– Je me suis trompée, je l'avoue bien sincèrement.
– Vous vous êtes trompée aussi pour un sautoir.
– Il n'y a rien qui ressemble plus à un sautoir qu'un autre sautoir.
– Mme Steinheil vous a-t-elle dit la vérité à ce propos ?
– Oui.
– Un point, c'est tout. »

Marguerite fuit les questions

Le président essaie à nouveau de pousser Marguerite dans ses derniers retranchements.

« Avant d'en terminer avec les bijoux, vous avez dit tout à l'heure que vous vous expliqueriez sur les bijoux faux.
– Le sautoir était un bijou faux.
– Je ne parle pas de celui-là.
– C'est lui qui a fait que pendant deux instructions on a dit que je mentais.
– Vous avez fait huit réponses différentes !
– Si nous parlons tous les deux...
– Répondez !
– Je ne demande pas mieux, mais posez-moi la question.
– Vous avez déjà utilisé quatre systèmes de défense :

vous avez d'abord affirmé qu'on vous avait volé une partie des bijoux, puis l'ensemble, puis aucun, et enfin une partie seulement. Ensuite, vous n'avez jamais parlé des bijoux faux au juge Leydet.
– Non, mais j'en ai parlé au journaliste de Labruyère.
– Vous vous en remettez toujours à un autre témoin. »

Encore une fois, l'habileté oratoire de Mme Steinheil est reconnue par tous, mais ses réponses et ses faux-fuyants sur la question des bijoux n'apportent rien à la clarté des débats.

Le président tourne la page de l'« imbroglio des bijoux », comme à regret, et en ouvre une nouvelle en appelant à la barre Marcel Hutin, de *L'Écho de Paris,* le journaliste confident de Mme Steinheil.

Marcel Hutin, le journaliste

On se souvient du rôle qu'avait joué ce dernier dans la relance de l'affaire Steinheil, à la fin du mois d'octobre 1908. Ce journaliste de *L'Écho de Paris,* qui entretenait des relations de confiance avec Meg, était également présent dans la villa de l'impasse Ronsin lors de la fameuse « nuit des aveux ».

Marcel Hutin a rencontré pour la première fois Mme Steinheil le lendemain du drame. Elle était très fatiguée, mais a accepté de lui accorder un entretien. Leurs relations se sont interrompues ensuite jusqu'en juillet de la même année. M. Hutin apprend à cette date que des rumeurs sur la culpabilité de Mme Steinheil circulent dans les salles de rédaction et il écrit à Marguerite en se disant prêt à l'aider à suivre une piste sérieuse, mais il n'obtient pas de réponse.

Fin octobre, le journaliste reçoit la visite de Chabrier, le cousin de Marguerite, pour qu'il se rende impasse Ronsin. Mme Steinheil lui apprend que ni la justice, ni la police ne veulent suivre la piste des lévites et elle lui demande d'effectuer une enquête de son côté pour forcer la main aux autorités.

Marcel Hutin lui conseille plutôt d'écrire une lettre qu'il fera publier dans son journal.

Effectivement, alors que l'affaire Steinheil ne fait plus les première pages, *L'Écho de Paris* publie une déclaration choc dans laquelle Mme Steinheil évoque la disparition des lévites au Théâtre hébreu.

Dans cette lettre, elle accuse également la police d'incapacité délibérée et affirme rechercher les assassins pour venger son mari et sa mère.

Retour sur la « nuit des aveux »

Marcel Hutin, qui dit ne pas tellement s'intéresser à l'affaire mais avoir surtout voulu aider Mme Steinheil, reprend à nouveau contact avec elle le 25 novembre, en pleine « histoire de la perle ». Il se rend impasse Ronsin parce qu'il devine que la perle a été mise intentionnellement dans le portefeuille de Rémy Couillard et qu'il veut sortir Marguerite de cette mauvaise passe.

Comme l'accusée et le journaliste entretiennent des relations de confiance, M. Hutin est le premier reporter à être admis auprès de Mme Steinheil.

Il la presse aussitôt de dire la vérité en essayant de la convaincre que personne ne croit à « cette blague de perle dans le portefeuille ».

M. Hutin décrit l'état d'esprit dans lequel se trouvait Mme Steinheil ce soir-là : elle était angoissée, visiblement dans un grand état de dépression.

Le reporter profite de la situation et sait trouver les bons arguments pour faire parler Marguerite.

Il les rapporte devant la cour.

> « "Demain, vous allez être obligée de dire à la justice que vous l'avez trompée. Vous êtes en présence d'un journaliste qui ne vous torturera pas et même qui vous sauvera en provoquant la pitié du public. Dites la vérité." »

Bientôt rejoint par le journaliste du *Matin*, de Labruyère, le reporter parvient finalement à vaincre la résistance de Meg et à lui tirer les premiers aveux :

> « "Que voulez-vous que je vous dise ?
> – La perle, c'est vous qui l'avez mise, c'est évident.
> – Oui, c'est moi. Je croyais Rémy coupable et je voulais que la police l'interroge." »

De Labruyère et Hutin en veulent davantage, se méfiant un peu des révélations souvent farfelues de la belle Meg. C'est toujours Marcel Hutin qui raconte :

> « "Pourquoi avez-vous fait tout cela ? Aimiez-vous votre mari ?
> – Non, je le détestais.
> – Vous comptiez épouser quelqu'un d'autre ?
> – Non, ou plutôt oui, mais ce projet était si lointain." »

Les deux reporters finissent par extorquer à Mme Steinheil le nom de son amant, M. Borderel, en promettant de le tenir secret.

C'est bien après minuit que Meg, toujours cernée par les questions des deux journalistes, finit par lâcher :

« "Il y a une femme là-dedans qui a connu la vérité plus tard. Une mère. C'est son fils, Alexandre Wolf, un marchand de chevaux, qui est le coupable.
– Comment a-t-il fait ?
– Il est entré dans la maison et m'a affolée. Il a tué mon mari et ma mère et a volé de l'argent. Ces jours derniers il m'a menacée de me dénoncer comme complice si je disais quelque chose. J'ai longtemps gardé le secret car il m'intimidait.
– Allez dire la vérité au juge d'instruction." »

Mme Steinheil, qui est restée silencieuse pendant toute la déposition de Marcel Hutin, intervient et revit la scène.

« De Labruyère a dit qu'il sortait de chez le ministre et que la maison allait être cernée par la police. Vous, M. Hutin, vous parliez plus doucement, j'avais confiance.
– Avez-vous quelque chose à ajouter à ce que vient de nous dire M. Hutin ? demande le président.
– Je n'ai pas dit que je détestais mon mari. J'étais affolée, je n'avais plus ma tête, mais je n'ai pas dit cela. Vous me disiez tout le temps, "il faut vous sauver" et "le public ne croit pas à cette histoire de lévites, trouvez autre chose".
– C'est vrai que je vous ai pressée de questions.
– M. de Labruyère me tenait par les poignets et me suppliait de dire la vérité. En voulant me sauver, vous m'avez mis en tête une quantité de choses. J'étais en pleine détresse, dans un état terrible.
– C'est vrai.
– Vous avez si bien retracé cette nuit épouvantable que je l'ai revécue. »

Marcel Hutin termine son témoignage en expliquant que, sachant que la direction de *L'Écho de Paris* refuserait certainement de publier les révélations de Mme Steinheil, il avait laissé à de Labruyère le soin de le faire dans son journal, *Le Matin*.

Le témoignage de Marcel Hutin éclaire les liaisons dangereuses qui existaient entre Mme Steinheil et la presse. Après avoir demandé à ce journaliste de publier une lettre ouverte dans laquelle elle a pu exposer sa vision des faits et essayer d'influencer l'enquête, Mme Steinheil a été prise dans l'engrenage et s'est retrouvée apparemment obligée de « renvoyer l'ascenseur » en fournissant des exclusivités sensationnelles sorties de son imagination.

Ainsi, contrairement à ce que l'on a pensé au moment de leur publication dans *Le Matin* du 26 novembre, les aveux de Mme Steinheil n'avaient rien de spontané.

Les autres journalistes

Après Marcel Hutin, c'est un troisième journaliste présent impasse Ronsin lors de la nuit des aveux qui s'avance vers la cour. Il est resté dans la villa après le départ de de Labruyère et de Hutin.

Il affirme que Marguerite a voulu se suicider avec un revolver et qu'il est parvenu, en compagnie des époux Chabrier, à l'en dissuader. Vers 5 heures du matin, il confirme que Meg s'est rendue d'elle-même à la Sûreté.

Le journaliste du *Matin* qui a permis d'innocenter Rémy Couillard, accusé d'avoir volé une perle, vient raconter qu'il a découvert la supercherie puisqu'il avait eu le portefeuille entre les mains avant la découverte et qu'il assure qu'il ne contenait aucun bijou.

C'est enfin au tour du journaliste du *Matin*, le fameux M. de Labruyère, d'être entendu. Comme Marcel Hutin, il s'est rendu le 25 novembre au soir impasse Ronsin parce qu'il éprouvait de la sympathie pour Meg et ne croyait pas du tout à cette histoire de perle. Il nie, en revanche, avoir « torturé » Mme Steinheil et prétend lui avoir parlé avec beaucoup de douceur. Il n'a proféré aucune menace et n'a pas dépassé la mesure. En outre, si Marguerite dit avoir été effarée, il considère qu'elle avait gardé tout son sang-froid et savait ce qu'elle disait.

L'évocation de cette nuit se termine par la déposition de M. Chabrier, le cousin de Meg, présent ce 25 novembre impasse Ronsin. Il parle de l'émotion qui régnait dans la maison, des larmes que tout le monde avait versées et confirme la tentative de suicide de Marguerite. Il insiste bien :

> « Marguerite ne semblait pas sous l'emprise de la volonté, elle était comme hypnotisée. »

Le président de Valles lève la séance. Le service d'ordre renforcé contient le millier de personnes rassemblé place Dauphine. Marguerite est reconduite au dépôt, touche à peine à son dîner et va se coucher de très bonne heure.

La septième audience

On annonce cette journée comme capitale dans le déroulement du procès. C'est en effet Mariette, le témoin des rendez-vous galants au Vert-Logis, la domestique qui voit tout, qui est le témoin principal de cette septième audience. Une heure avant l'ouverture des débats, l'animation devant les grilles du Palais est plus importante que la veille. Pourtant, le prix des places au marché noir reste stable.

Mariette Wolf, la cuisinière

À midi, les portes s'ouvrent et Mme Mariette Wolf est appelée en premier à la barre.

C'est une femme de cinquante-huit ans, très droite dans ses habits de deuil, au visage sévère et ridé.

Elle précise à la cour qu'elle est veuve depuis quinze ans et que son mari était cocher de fiacre. Elle a été porteuse de pain avant de faire des ménages.

C'est à ce titre qu'elle est entrée au service de la famille Steinheil, d'abord occasionnellement, avant d'être engagée définitivement comme bonne et cuisinière.

Le président l'interroge sur ses gages impayés.

> « Si j'en avais eu besoin, je les aurais demandés et on me les aurait donnés. »

Mariette Wolf précise que, comme ils n'étaient que deux domestiques, Mme Steinheil les aidait beaucoup au ménage et à la cuisine. On en vient alors au Vert-Logis et aux amants de la belle Meg. Mme Wolf prend la défense de sa patronne.

> « Madame n'avait pas tant d'amants que cela ; on lui en a attribué beaucoup, plus qu'elle n'en a eu. Il n'y avait que M. Chouanard, le comte de Balincourt et

ensuite M. Borderel qui venaient au Vert-Logis. J'étais la seule domestique à Bellevue quand il y avait des rendez-vous. »

Quels sentiments éprouvait Mme Steinheil pour ses amants ?

« Madame est tombée très malade à la fin de 1907 au moment de sa rupture avec M. Chouanard. »

Mariette défend Mme Steinheil

Le président aimerait ensuite savoir comment la cuisinière voyait les rapports entre les deux époux. D'après lui :

« Personne au monde n'est mieux renseigné sur ce qui se passe dans un intérieur que les domestiques. »

Mais Mme Wolf voit les choses autrement et fait sa profession de foi.

« Quand on est domestique, on doit voir et ne rien dire. »

Sur les rapports difficiles entre la belle Meg et son mari, elle justifie encore une fois sa maîtresse.

« Madame est comme moi, elle a parfois la parole un peu forte, mais elle n'a jamais rudoyé son mari.
– D'autres domestiques occasionnels disent le contraire.
– C'est parce que je les ai renvoyés », intervient Marguerite.

Le président insiste auprès de Mariette :

« Après le double meurtre, Mme Steinheil était souffrante et elle vous aurait dit : "Ah ! me voilà libre." »

Mme Wolf reste imperturbable.

« C'était au point de vue de sa santé. Comme Madame n'avait plus de garde-malade avec elle, elle pourrait se promener librement. »

Marguerite saisit la balle au bond pour prendre l'avantage dans la discussion.

« Mais qui a interprété cette phrase ? On doit savoir la vérité.
– C'est dans l'accusation, le réquisitoire définitif.
– M. André s'est accroché à toutes les paroles, ne pouvant s'accrocher à la vérité. »

Après avoir affirmé que les époux Steinheil vivaient en pleine harmonie, la cuisinière n'exprime aucun doute sur l'amour qu'éprouvait Marguerite pour sa mère.

La cuisinière amnésique

Ensuite, les renseignements que fournit Mme Wolf sur les journées qui ont précédé le drame n'apportent rien, puisqu'elle ne se souvient pas de ce qu'elle a fait. Malgré les questions précises du président, elle reste évasive et personne ne peut savoir exactement quand

Mme Steinheil a décidé de reporter son départ pour Bellevue au dimanche matin.

> « Je ne savais pas si Madame reviendrait à Bellevue le samedi soir ou ne reviendrait pas.
> – Pourquoi Marthe n'était-elle pas impasse Ronsin le samedi 30 mai ? Était-elle malade ?
> – Mademoiselle était souvent bien portante et quelquefois indisposée. »

Trou de mémoire réel ou simulacre ? Les journaux apprécieront diversement.

On en arrive au samedi 31 mai. Mme Wolf est avertie du crime par le docteur Acheray, le médecin de famille, qui lui téléphone au Vert-Logis vers 7 heures du matin. Elle arrive peu avant 9 heures à la villa du XVe arrondissement.

Rémy s'était étonné pendant l'instruction de voir Mariette se présenter impasse Ronsin apprêtée de si bonne heure. Elle s'en explique sans difficulté.

> « Quand on a du monde à déjeuner, on s'habille bien. »

Elle raconte ensuite ce qu'elle a fait en arrivant.

> « Je suis allée voir Madame, je l'ai embrassée, puis je suis allée voir les corps. Des journées comme cela, on s'en rappelle toute la vie ! »

Elle poursuit.

> « Nous n'avons échangé aucune parole. Il y avait beaucoup de monde. J'ai simplement dit : "Madame,

il faut calmer Rémy", car ses nerfs lâchaient, il avait peur. D'ailleurs, les deux nuits qui ont suivi le drame, il n'a pas voulu dormir dans la maison et s'est installé dans le jardin. »

Le pardon de Mariette

Même quand le président aborde l'accusation injuste portée contre son fils par la belle Meg, Mariette ne perd pas son calme et raconte avec précision.

> « Le 26 novembre, un inspecteur est venu me chercher pour aller à la Sûreté. Je me suis dit que Madame était malade, mais l'inspecteur m'a confié que Madame avait dit que mon fils était un assassin. Arrivée à la Sûreté, je me suis tournée vers Madame et lui ai dit : "Je ne suis qu'une domestique, mais laissez-moi vous dire que vous n'êtes qu'une menteuse." Madame m'a répondu : "Si ce n'est pas lui, c'est quelqu'un qui lui ressemble." Dans l'après-midi, mon fils a été confronté avec Madame et Madame m'a dit : "Je vous demande bien pardon, je me suis trompée." Alors je l'ai embrassée et lui ai pardonnée. »

Le président revient une dernière fois sur les amants du Vert-Logis et demande à Mariette si, comme l'accusaient certains journaux, elle « tendait sa sébille » à leur passage. Mme Wolf est outrée et Mme Steinheil prend la parole pour dire d'une part, que ses amants ne remboursaient que leurs repas et d'autre part, que c'était elle, Marguerite, qui se chargeait de tout préparer pour eux.

Pour terminer, le président rappelle que le docteur Balthazard a noté que les nœuds qui avaient permis de ligoter Mme Steinheil étaient utilisés par les palefreniers ou les mariniers. Or, Mariette avait été la femme d'un cocher et était la mère d'un maquignon.

Cela n'évoque rien à Mme Wolf.

Mariette Wolf, surnommée « l'âme damnée » par les journaux, a, tout au long de son interrogatoire, éludé les questions avec habileté et est parvenue à en dire le moins possible. L'entente entre les deux femmes paraît évidente.

Le témoignage de cette femme a donc déçu ceux qui s'attendaient à des révélations de la part de celle qui connaissait le mieux les dessous de la vie galante de Marguerite.

Alexandre Wolf, le « maquignon »

Alexandre Wolf succède à sa mère à la barre des témoins. Sa blouse de travail et son allure bravache font sensation. Pourtant, l'intérêt que son nom et sa personne avaient suscité quand Mme Steinheil l'avait accusé est retombé. Il est redevenu le fils de la cuisinière, une simple connaissance de la famille Steinheil qui ne se rendait impasse Ronsin qu'une ou deux fois par mois pour voir sa mère. Il n'a donc aucune opinion sur les rapports qu'entretenaient Adolphe et Marguerite, et son témoignage est banal.

> « J'ai appris le crime par les journaux du lundi. Je suis allé à l'impasse le lundi soir après le marché aux chevaux. »

Il raconte ensuite son séjour à la Sûreté, quand Mme Steinheil l'a accusé d'assassinat, mais n'éprouve aucune rancune contre elle. La seule chose qui le tracasse encore, c'est qu'il voudrait bien savoir qui l'a accusé d'avoir eu de l'argent plein les poches le soir du crime.

Bien que l'accusation portée par Marguerite contre Alexandre Wolf se soit dégonflée en une journée, le président de Valles tente encore de découvrir une intimité entre l'accusée et le témoin.

> « Mme Steinheil vous tutoyait-elle ? Vous embrassait-elle quand elle vous voyait ? »

Le maquignon répond « oui » à ces deux questions, mais, comme Marguerite avait connu Alexandre tout petit, ses familiarités ne sont pas du tout suspectes et M. Wolf peut se retirer.

Le comte de Balincourt, l'un des visiteurs du Vert-Logis, fait ensuite une brève apparition à la barre : il décrit le salon de l'impasse Ronsin comme évoluant dans une « misère dorée », où les trous dans les nappes étaient dissimulés sous des vases, ce que Marguerite confirme.

Maurice Borderel, le « châtelain des Ardennes »

Le défilé des témoins continue avec une déposition également attendue, celle de Maurice Borderel, le fameux « châtelain des Ardennes », dernier amant en date de Marguerite Steinheil.

Il lui est immédiatement demandé de faire à la cour une description détaillée de ses relations avec Mme Steinheil.

Après avoir rappelé les circonstances de leur rencontre et précisé qu'il était devenu son amant début mars 1908, il livre ses impressions sur l'accusée sans être interrompu par le président.

« Je trouvais Marguerite charmante et désintéressée. Un de mes amis servait d'intermédiaire pour lui verser le loyer de Bellevue, mais elle ne me demandait rien de plus. »

Il reconnaît s'être montré complaisant au début de leurs relations.

« Il est vrai que j'ai acheté des tableaux à M. Steinheil avec empressement. Ne m'aurait-il donné que les cadres, je les aurais encore payés. »

Mais il explique son changement d'attitude.

« J'étais étonné que Marguerite pût s'absenter aussi facilement [...]. Vers la mi-mai, je décidai de rompre mes relations progressivement avec Mme Steinheil, car un de mes enfants avait découvert nos rapports. Je ne souhaitais pas me remarier avant que mes enfants soient plus grands. »

L'hypothèse avancée par l'accusation selon laquelle Meg aurait assassiné ou fait tuer son mari pour vivre avec M. Borderel semble réfutée.

En revanche, contrairement à ce qu'avait déclaré Marguerite lors du premier jour du procès, Maurice Borderel affirme qu'elle lui avait un jour confié que son mari avait des relations « ignobles » avec ses modèles, mais il n'avait pas voulu en savoir davantage.

Le président lit alors une lettre écrite par M. Borderel dans laquelle il conseille à Mme Steinheil de se rendre en Angleterre, ce qui confirme un peu plus que le témoin avait l'intention de prendre ses distances avec Meg.

M. de Valles rappelle ensuite les déclarations dans la presse de M. Borderel selon lesquelles Meg devrait être lavée de tout soupçon pour qu'il accepte de la revoir. Il demande au « châtelain des Ardennes » si, selon lui, ce sont ces articles de journaux qui ont poussé Marguerite à placer la perle dans le portefeuille de Rémy.

Le témoin se défend énergiquement d'être la cause de la condamnation de Marguerite.

M. Borderel termine sa déposition très dignement en rappelant qu'il est allé présenter ses condoléances à Mme Steinheil dès qu'il a appris le drame, puis qu'il est revenu lui faire ses adieux définitifs le lendemain.

Il ne souhaite plus être mêlé de près ou de loin à cette affaire, ni même avec sa principale protagoniste et demande qu'on l'oublie, visiblement très ennuyé qu'on ait pu citer son nom.

Les contradictions de la garde-malade

Pour terminer cette septième journée d'audience, l'avocat de Marguerite Steinheil lit une lettre de la garde-malade qui s'est occupée de sa cliente après le drame. Pendant l'instruction, cette même garde-malade avait accusée implicitement Mme Steinheil de simuler une maladie et son témoignage avait été repris par l'accusation.

Or, la garde-malade, qui ne peut pas se rendre à l'audience en raison de son état de santé, demande dans cette lettre des nouvelles de la santé de Marguerite et lui souhaite un prompt rétablissement.

Après la déposition mouvementée de Rémy Couillard, c'est encore l'occasion pour le président de critiquer la façon dont les interrogatoires ont été menés.

Cette journée d'audience plutôt favorable à l'accusée se termine dans la soirée. Après s'être entretenue avec son avocat, Marguerite Steinheil est reconduite à la prison de Saint-Lazare.

La huitième audience

Le programme suivi chaque matin depuis le début du procès par Marguerite Steinheil est immuable : elle se lève tôt, fait une promenade sous un préau, s'entretient longuement avec le pasteur, déjeune et arrive au Palais une demi-heure avant le début des débats. L'audience de la veille a beaucoup fatigué l'accusée, qui s'est dit très touchée par la déposition de M. Borderel.

Le défilé des témoins

La séance débute à 12 h 30 par une succession de témoignages portant sur la moralité de Mme Steinheil.

C'est d'abord l'oncle de Marguerite qui vient redorer un peu le blason de la famille Japy en affirmant que le père de l'accusée n'était pas un alcoolique, mais un grand travailleur et que Marguerite n'en voulait pas à l'argent de sa mère. Elles entretenaient, au contraire, toutes les deux de très bonnes relations.

Il termine sa déposition en confirmant que Mme Japy souffrait beaucoup des jambes depuis une chute dans les escaliers.

M. Herr, le mari de la sœur aînée de la belle Meg, vient assurer à la cour qu'il éprouve toujours les mêmes sentiments pour sa belle-sœur et que, s'il n'est pas allé lui rendre visite en prison, c'est à la demande de l'accusée.

Un expert-comptable, nommé par la cour, a été chargé avant le procès d'établir le montant de la fortune des Steinheil, notamment pour tenter de savoir quelle somme ils avaient chez eux au moment du double meurtre.

Une discussion contradictoire s'éternise et le président ne peut que constater qu'il est bien difficile de dresser l'état précis des comptes des époux Steinheil.

Un ancien modèle d'Adolphe Steinheil vient toutefois préciser que les revenus annuels du peintre-verrier s'élevaient autrefois à 15 000 francs, mais qu'en 1908 ils n'atteignaient plus que 12 000 francs, en raison de « l'indifférence du public ».

Deux anciens domestiques, cités par l'accusation, dévoilent qu'ils savaient tout des amants de Mme Steinheil et de son stratagème de tante Lily, mais leur témoignage est discrédité par maître Aubin, qui rappelle qu'ils ont été renvoyés pour alcoolisme et mauvaises fréquentations.

Après les deux domestiques très critiques vis-à-vis de Marguerite, la défense a cité une ancienne bonne des Steinheil qui revenait de temps en temps dans la villa de l'impasse Ronsin.

Sa déposition est très importante puisque, si elle est vraie, elle ruine définitivement la thèse de la préméditation.

Elle affirme que le 30 mai, vers 11 heures du matin, c'est-à-dire le matin du crime, elle a vu Marguerite et sa mère dans le jardin de la villa Ronsin et qu'elle a entendu clairement Mme Steinheil dire : « Je vais prendre des nouvelles de Marthe, je reviendrai à 5 heures. Si tu n'es pas trop fatiguée, nous irons ensemble à Bellevue, sinon nous coucherons ici et nous irons à Bellevue demain. »

Des domestiques de Mme Japy et des amies de Marguerite se succèdent ensuite pour décrire les très bonnes relations qui existaient entre la fille et la mère.

L'amour de jeunesse de Marguerite

Après une suspension de séance de vingt minutes, la succession des dépositions favorables à l'accusée continue en la personne de l'amour de jeunesse de Marguerite, le jeune lieutenant, devenu depuis capitaine.

Pendant tout son témoignage, la belle Meg, le mouchoir à la main, va montrer des signes d'attendrissement.

Le témoin fait un bref récit de sa relation avec Meg.

> « J'ai connu mademoiselle Marguerite en 1885 par son frère qui était au régiment avec moi. En mars 1887, j'ai été élevé au grade de lieutenant et ai été muté. J'ai pu la voir plus fréquemment. Nous faisions des projets de mariage et j'ai fait venir ma mère de Genève pour qu'elle fasse la connaissance de la famille Japy. La famille de mademoiselle Marguerite lui a fait une impression favorable. »

Leur rupture est due, selon lui, à son manque de fortune.

Il n'avait jamais revu l'accusée depuis le jour du départ de Marguerite pour Bayonne et leurs adieux sur le quai de la gare. Il termine par ce plaidoyer :

> « Mademoiselle Marguerite était charmante, très bien élevée, très artiste, douce. Elle ne semblait pas chercher la fortune puisqu'elle voulait m'épouser. Elle aimait son père et sa mère. Ma conviction est qu'elle

est incapable d'avoir commis ou fait commettre un crime aussi monstrueux. »

L'accusée fond en larmes.

L'ami de la famille, maître Paisant

Cet ami intime du couple Steinheil depuis dix ans vient à la barre faire le portrait des deux époux. Son témoignage est d'autant plus intéressant que l'avocat n'a pas été entendu pendant l'instruction.

Il commence par décrire Adolphe comme un homme d'une grande droiture, à l'esprit fin, mais manquant cruellement d'énergie.

En évoquant son activité de peintre, il déclare qu'il doutait de son talent. « Le goût moderne veut une peinture impressionniste », dit maître Paisant, et il ajoute : « Adolphe était un élève de Meissonnier. Il faisait de toutes petites toiles au dessin précis et aux couleurs soignées. Ce genre est rejeté aujourd'hui. »

Comme maître Paisant se rendait presque tous les jours au 6 *bis* de l'impasse Ronsin, il peut en restituer des scènes familières.

> « Adolphe Steinheil passait des journées entières dans son atelier, mais connaissait souvent des phases de découragement, comme d'ailleurs tous les artistes. À la nuit tombée, on venait le chercher dans son atelier et il trouvait une table parée, fleurie et pleine d'amis. Sa femme lui redonnait confiance en lui. »

Maître Paisant en vient précisément à Mme Steinheil et se lance dans ce qu'il appelle « l'analyse de la nature complexe en apparence, mais très simple en réalité de Marguerite Steinheil ».

Les sentiments qu'a éprouvés le témoin à l'égard de Marguerite ont évolué au fil du temps : il a d'abord jugé avec sévérité son attitude, puis s'est montré plus sceptique. Enfin, il a fini par la considérer « plus humainement », avec une grande pitié. Il s'explique et justifie du même coup les infidélités de Mme Steinheil.

> « Elle a connu toutes les angoisses et les préoccupations quotidiennes pour faire vivre dignement son ménage. Après une journée de lutte, elle avait besoin d'être réconfortée, mais son mari ne remplissait pas ce rôle. Pourtant, elle adorait son mari. »

Pour illustrer les soucis d'argent qui tourmentaient Mme Steinheil, maître Paisant affirme à la cour que Marguerite avait une copie de tous ses bijoux, donnant ainsi raison à l'accusée.

> « Quand on voulait savoir la situation du ménage, il suffisait de regarder ses mains. Elle disait aussi : "J'ai perdu une fourrure" ou "un manchon", mais on n'était pas dupe. Comme il lui arrivait de déposer ses bijoux au mont-de-piété, cela lui permettait de toujours pouvoir les porter. »

Le président rappelle que l'enquête n'a pourtant pas permis de retrouver le moindre document prouvant un quelconque dépôt de bijou.

L'ami des Steinheil termine sa déposition en rapportant la dernière entrevue émouvante qu'il a eue avec Mme Steinheil, après le drame. Quand il a essayé de la convaincre de ne pas relancer l'affaire par des déclarations aux journaux, elle s'est mise à pleurer en se disant incomprise, mais a maintenu sa décision de contre-attaquer.

À ce rappel, Mme Steinheil se tamponne les yeux avec le mouchoir en batiste qui ne la quitte jamais.

La liste des témoins épuisée, la séance est suspendue.

L'audience va reprendre par le moment de la journée le plus attendu, le réquisitoire de l'avocat général, maître Trouard-Riolle.

Avant cela, M. de Valles annonce aux jurés qu'il leur posera la question de la complicité de Mme Steinheil.

Bilan des témoignages

Les déclarations des quelque cent cinquante témoins cités à comparaître dans ce procès ont paru particulièrement fades comparées aux interventions de Marguerite Steinheil. On attendait pourtant beaucoup de certains témoignages, mais ils n'ont pas résisté aux nombreuses réserves émises par Meg, ni aux questions posées par le président de Valles.

Profitant des faiblesses du dossier d'instruction, l'accusée a très bien su se défendre, discréditant tous les témoins qui pouvaient être gênants pour elle, comme Rémy Couillard ou les beaux-frères d'Adolphe.

De même, les nombreux policiers et docteurs qui se sont succédé à la barre ont souvent été contredits, ce qui a ôté tout poids à leurs témoignages.

La seule personne qui aurait pu faire basculer le procès est Mariette Wolf qui savait certainement beaucoup de choses sur la vie de sa patronne, mais elle s'est réfugiée derrière un silence complice.

Il s'agit d'un revirement, puisque Marguerite Steinheil n'était en principe jugée que comme seul auteur du double crime.

Le réquisitoire de l'avocat général

Tout le monde ayant à cet instant repris sa place, maître Trouard-Riolle se lève lentement et commence l'examen des charges.

Il retrace d'abord l'enfance de Marguerite Steinheil en reprenant et en mettant en relief tous les faits et témoignages qui peuvent être défavorables à l'accusée. Ainsi, il dresse le portrait d'une enfant déjà menteuse et comédienne accomplie, qui connaît sa première intrigue amoureuse à quinze ans et a une liaison scandaleuse avec un jeune lieutenant.

À l'âge de dix-huit ans, elle est envoyée à Bayonne, chez sa sœur Juliette, dont le tempérament est plus austère que celui de Marguerite, pour être éloignée de son prétendant. L'avocat général insiste alors sur les rapports conflictuels qui existaient, selon lui, entre Marguerite et son père après l'intervention paternelle.

À Bayonne, elle fait la connaissance d'Adolphe, qui tombe rapidement sous son charme, et se marie peu de temps après, le 9 juillet 1890 dans le village natal de Marguerite, à Beaucourt.

Maître Trouard-Riolle tente de montrer, par une succession de qualificatifs, que ce couple est mal assorti dès le départ.

Il décrit Adolphe Steinheil, alors âgé de quarante ans, comme quelqu'un de timide, d'effacé, de sérieux, de travailleur, manquant de personnalité et de talent.

Au contraire, Marguerite Japy, qui n'a que vingt et un ans, est rieuse, frivole, coquette, dissipée.

Ce couple composé de deux personnes aux caractères très différents donne naissance à une fille, Marthe, deux ans après leur mariage, en 1892. Maître Trouard-Riolle définit Marthe comme « d'une nature droite et simple » et la décrit avec compassion. Il en fait la victime principale de ce drame, car « en une nuit, elle a perdu deux personnes tendrement aimées et a vu une accusation terrible s'abattre sur sa mère ». Avec un accent mélodramatique, il propose au public de s'incliner sur celle qui a tout perdu comme fille, mais aussi comme femme, puisque son cœur s'éveillait à l'amour quand son fiancé s'est éloigné d'elle.

Les rapports entre les époux

L'avocat général revient ensuite sur « tante Lily » dont il fait le symbole de l'hypocrisie de Mme Steinheil. Selon lui, « tante Lily résume toutes les habiletés et les roueries de Mme Steinheil pour expliquer l'argent qu'elle recevait de ses amants ».

C'est une tacticienne habile qui sait sauver les apparences, une femme odieuse qui a compartimenté sa vie pour masquer ses écarts de conduite, une magicienne au fort pouvoir de séduction. Le brave Adolphe, sans ambition et sans besoins, issu d'une famille honorable, a vu les siens s'éloigner à cause de l'inconduite de sa femme. Il savait tout, mais pardonnait à cause de leur fille et de sa faiblesse de caractère. L'avocat général reprend à son compte la réplique de Rémy à Mariette, reproduite dans le dossier d'instruction.

> « Si j'avais une femme comme cela, je lui donnerais des coups de pied dans le derrière. »

La faiblesse d'Adolphe Steinheil n'explique pas le double meurtre – il faudrait pour cela que Mme Steinheil ait eu de bonnes raisons pour se débarrasser de son mari, des mobiles solides. C'est ce que l'avocat général va tenter de démontrer.

En s'appuyant sur le dossier d'instruction, le représentant du ministère public fait état de fréquentes disputes entre Marguerite et son mari. Ces querelles étaient parfois très violentes et portaient souvent sur l'argent.

Pour convaincre un peu plus les jurés que tout le monde savait, dans l'entourage de Meg, qu'elle pouvait s'emporter et se montrer violente, l'avocat général rapporte la réaction de son amant, Maurice Borderel, quand il apprit la nouvelle du drame.

> « La malheureuse, pourvu qu'elle ne soit pour rien dans cette horrible affaire. »

Maître Trouard-Riolle cite une lettre de Mme Steinheil au juge d'instruction dans laquelle elle s'épanche.

> *Ma vie depuis des années m'écœurait, me dégoûtait. J'étais lasse de mentir sans cesse, de me débattre contre une situation embarrassée au point de vue pécuniaire, de lutter contre mon mari, homme peu pratique.*

Les calculs de la belle Meg

Après avoir brossé un tableau psychologique très sombre de Mme Steinheil, maître Trouard-Riolle va se faire plus précis et décrire les raisons qu'avait la belle Meg de se débarrasser de son mari et de sa mère.

En février 1908, Marguerite, qui est alors très abattue moralement, rencontre Maurice Borderel, que l'avocat général définit comme « une âme candide et tendre, une proie idéale pour cette séductrice ».

Elle souhaite épouser ce monsieur pour ne plus avoir à emprunter à droite et à gauche, mais le « châtelain des Ardennes » ne l'entend pas ainsi. Il est veuf depuis huit ans, reste très attaché au souvenir de son épouse et ne veut pas, pour le moment, épouser une autre femme, surtout si elle est divorcée. Marguerite décide donc de précipiter les choses et de contourner les réticences de M. Borderel en devenant veuve.

En attendant de fournir des preuves matérielles, l'avocat général poursuit son portrait de l'accusée, qui reste immobile dans son box.

> « Si elle était sincère, elle reconnaîtrait que sa ruine provient de ses faiblesses, de ses désordres. Mais elle rejette tout sur son mari et sa mère. Elle avait son mari en horreur et une tendresse extrêmement limitée pour sa mère. Je sais, la défense va dire que la correspondance entre Mme Steinheil et sa mère dénote des sentiments de tendresse, mais je constate qu'elle a toujours été, et avec tout le monde, très prodigue en expressions comme "Ma très chérie", "Ma chère adorée", ce qui ne prouve donc rien. Cette femme distille l'affection comme le mensonge. Son âme est complexe et il y a un abîme entre ce que la main trace et ce que le cœur pense. »

En tirant argument de l'attitude de Marguerite Steinheil pendant le procès, il poursuit son réquisitoire en affirmant la duplicité de l'accusée.

> « Il y a deux femmes à juger : celle qui s'adresse d'une voix câline et musicale aux jurés et celle qui prend

> des accents de furie contre le président et contre moi-même. »

Il poursuit.

> « Elle avait toutes les prévenances envers son mari devant le monde, mais c'était une vie de galérien quand on était chez soi. Le malheureux Steinheil était de trop. Voilà le mobile. »

Les premières conclusions

Après sa démonstration, l'avocat général marque un silence, puis annonce d'une voix théâtrale :

> « Je dois reconnaître que l'accusation de parricide n'est pas suffisamment établie. Je ne vois pas le mobile qui aurait porté Mme Steinheil à tuer sa mère. »

Ainsi, en une journée, Marguerite Steinheil a vu son chef d'accusation être modifié deux fois : le président de Valles a ajouté la question de sa complicité et l'avocat général a supprimé l'accusation de parricide.

Cela ne veut naturellement pas dire que l'accusée est lavée de tout soupçon, ni que le ministère public abandonne les poursuites, mais simplement que la culpabilité de Marguerite Steinheil est loin d'être prouvée.

Après quelques effets oratoires, maître Trouard-Riolle reprend de plus belle.

> « Voici l'affaire telle que je la comprends. J'ai la conviction que Marguerite Steinheil, assistée d'un

coauteur ou complice, a tué son mari, mais que Mme Japy n'était pas visée. »

Avant de conclure, pour cette audience :

« Je demande à la cour de renvoyer à demain la suite de mon réquisitoire. Je reprendrai par l'examen du drame au début de l'audience. »

La neuvième audience

La fin du réquisitoire de l'accusation prévue pour ce jour a attiré la grande foule, car c'est la dernière chance pour l'accusation d'apporter la preuve de la culpabilité de Mme Steinheil. L'espace réservé au public debout est archicomble et l'on note la présence exceptionnelle de nombreuses femmes.

Après avoir dressé la veille un portrait de Mme Steinheil qui, selon lui, la prédestinait à être une meurtrière, l'avocat général va rassembler, au cours de cette avant-dernière audience, tous les faits qui étayent sa thèse.

La fin du réquisitoire

Le président de Valles donne la parole à maître Trouard-Riolle.

« Le moment est venu de pénétrer dans le théâtre de ce drame, c'est-à-dire dans l'immeuble qui porte le numéro 6 *bis* de l'impasse Ronsin. »

Après avoir décrit minutieusement la disposition des pièces, l'avocat général reconstitue en détail tous les événements qui se sont déroulés du 31 mai 1908 à 5 h 30 du matin au 26 novembre de la même année, date de l'arrestation de Marguerite Steinheil.

La mise en scène

Ce qu'il retient, c'est que le ligotage de Marguerite Steinheil n'était pas sérieux et que la corde qu'elle avait autour du cou n'était pas un lien, mais un collier de ficelles.

Quant aux circonstances de la mort de Mme Japy, la thèse du docteur Balthazard est retenue : elle a été étouffée à l'aide d'un tampon de coton, puis ligotée.

L'un des beaux-frères d'Adolphe Steinheil, arrivé rapidement sur les lieux, constate l'expression paisible des deux morts et l'absence de désordre dans la maison : cela renforce son impression de mise en scène.

Le commissaire Buchotte, qui est également venu témoigner, relève l'absence de toute trace de lutte. Il constate qu'un billet traîne sur un meuble, qu'un ou deux tiroirs sont restés ouverts, qu'il y a des taches d'encre dans la chambre où dormait Mme Steinheil, mais qu'il n'y a aucune trace de boue.

C'est un drôle de cambriolage avec des malfaiteurs qui se livrent à des opérations inutiles, comme arrêter la pendule, mais ne cherchent pas les objets de valeur.

Ce matin-là, Marguerite Steinheil n'est pas si affolée qu'elle voudrait le faire croire. Elle a la présence d'esprit de faire remarquer à une personne qui se trouve à son chevet : « Regardez, mes pieds paraissent gonflés, mes poignets et mes pieds meurtris. » Elle interdit ensuite à la gardienne de jeter le tampon d'ouate qui est sur son lit : « Ne touchez pas à ça ! Laissez-le pour qu'on puisse le constater. »

La garde-malade a trouvé le comportement de Mme Steinheil bizarre, exagéré, théâtral. Ses crises de nerfs et ses évanouissements avaient l'air simulés. Si elle avait été si malade, pourquoi aurait-elle continué à prendre des soins de coquetterie en se maquillant outrageusement ?

Les imprudences de Meg

Les mensonges successifs à propos du vol de bijoux ont été un élément important dans l'inculpation de Mme Steinheil. Pourquoi avoir menti si souvent ? Pourquoi, après avoir dit que les bijoux étaient en sûreté, avoir eu la détestable idée de changer d'avis en envoyant Mariette à Bellevue chercher le carton ? Heureusement, il y avait le bijoutier Souloy, qui n'a pas pu être escamoté comme l'avaient été les bijoux. La démarche imprudente de Mme Steinheil a représenté un défaut de tactique.

Les bijoux sont le fil d'Ariane. Les bijoux en double évoqués par maître Paisant n'existent pas : on n'a retrouvé aucune trace au mont-de-piété prouvant que des objets de valeur y avaient été déposés.

Les justifications de Meg ne tiennent pas : si elle avait vraiment voulu épargner sa fille, elle n'aurait pas laissé traîner ses lettres d'amour.

L'avocat général dresse alors la liste de toutes les recherches entreprises en vain pendant l'été pour retrouver les coupables.

En octobre 1908, le cercle d'intimes de la belle Meg s'est considérablement rétréci, la rupture avec M. Borderel est consommée et l'accusée doit affronter seule l'hostilité de l'opinion publique.

Le juge Leydet lui fait part des présomptions qui pèsent sur elle : il paraît invraisemblable que les malfaiteurs aient pu la confondre avec sa fille, ses blessures étaient insignifiantes et son ligotage apparemment simulé.

Ce qui est très troublant, c'est que la corde qui a été utilisée pour ligoter les corps vient de l'office et non du dehors. Ces malfaiteurs devaient être peu précautionneux pour s'en remettre ainsi au hasard.

La seule chance de salut pour Marguerite Steinheil est d'égarer la justice en accusant un innocent.

Elle pousse alors l'audace jusqu'à se porter partie civile comme femme, mère et fille pour venger ses chers disparus. Mais où est la sincérité de ses recherches ? Où est la moralité de ses moyens d'action ?

L'avocat général se fait beaucoup plus agressif et multiplie les insinuations.

> « Ces dénonciations calomnieuses, ces reconnaissances mensongères ne vont pas lui coûter davantage que ne lui a coûté la ficelle qui étrangle et le bâillon qui étouffe. »

Après avoir fait accuser à tort Rémy Couillard, Mme Steinheil reconnaîtra, le 26 novembre, à 5 heures du matin, qu'il s'agissait d'une machination, qu'elle a joué la comédie parce qu'elle était convaincue que le valet était coupable.

Maître Trouard-Riolle se tourne vers l'accusée.

> « Vous êtes indulgente, Mme Steinheil, ce n'est pas une comédie que vous avez jouée. Vous vous êtes rendue coupable de la plus abominable des trahisons et

des perfidies. Vous donnez des coups de couteau dans le dos avec la même sûreté de main que vous nouez des ficelles. »

Il démonte ensuite les justifications de Marguerite après la nuit des aveux.

« Vous n'avez pas été hypnotisée, suggestionnée ; c'est de votre propre inspiration que vous avez fait tout cela, comme avec Burlingham. Alexandre Wolf était une pâture excellente étant donné ses habitudes de vie. »

Maître Trouard-Riolle revient à Mme Steinheil et se tourne vers les jurés.

« Si l'accusée est innocente, pourquoi toutes ces reconnaissances mensongères ?
Cette femme n'a jamais voulu dire la vérité, pourquoi ? Parce qu'elle est coupable.
Ses tentatives de suicide après la nuit des aveux et le premier soir en prison ? Si elle était innocente, il est bien certain que jamais elle n'aurait eu ces pensées. »

Les raisonnements de l'accusation

Maître Trouard-Riolle démolit la thèse du cambriolage développée par la défense.

Pourquoi, si les assassins sont des cambrioleurs qui ont tué des témoins gênants, ont-ils épargné le troisième témoin ?

S'ils ont pris Mme Steinheil pour sa fille, c'est qu'ils connaissaient la distribution des chambres et savaient donc que l'accusée dormait dans la chambre de Marthe. De plus, qu'un témoin gênant ait seize ans ou quarante ans ne change rien au fait qu'il doive être supprimé.

L'avocat conclut son raisonnement par une série de déductions : si des cambrioleurs avaient tué la mère et le mari, Mme Steinheil serait morte. Elle est vivante, donc elle a joué un rôle dans l'assassinat.

En outre, il y a eu mise en scène. C'est le complice de Meg qui a arrêté la pendule comtoise à 0 h 10 pour se forger un alibi. C'est certainement Marguerite Steinheil qui s'est attachée elle-même, car, quand on est vraiment ligoté, on en garde de vraies blessures. Quand on tue son mari et qu'on voit sa mère mourir, il y a de quoi être malade, mais aucune blessure sérieuse n'a été relevée sur elle.

> « Deux choses m'ont frappé, messieurs les jurés : son absence de chagrin et de regrets après la mort de ses chers. Son costume de deuil et son crêpe noir sont une mise en scène. »

L'avocat général se tourne de nouveau vers l'accusée.

> « L'exposition que vous avez organisée impasse Ronsin vous a permis de régler une grande partie de vos emprunts, de vos ardoises et des gages en retard. Vous n'aviez alors plus de ressources. Vous avez demandé de l'argent à votre ancien amant M. Chouanard, votre mari devait emprunter des petites sommes, simplement pour vivre, et vous avez été obligée de vendre des bibelots. On n'a pas pu vous voler de l'argent chez vous, car il n'y en avait pas. D'ailleurs, l'analyse des empreintes relevées chez vous n'a rien donné. »

Les insinuations de l'avocat général

Maître Trouard-Riolle entame alors la fin de son réquisitoire.

« Ma conclusion est le fruit d'un examen mûri, consciencieux, réfléchi de l'affaire. J'ai découvert le secret de l'affaire Steinheil. L'accusée a son mari en horreur, elle veut s'en débarrasser. D'un tempérament astucieux et perfide, elle attire sa mère, non pas pour la tuer, et c'est d'ailleurs pour cette raison que j'ai abandonné l'accusation de parricide, mais pour être un témoin de bonne foi du ligotage simulé. »

Il prononce alors ces phrases graves et lourdes de menaces :

« Mme Steinheil trouve dans son entourage plus ou moins immédiat une femme, un homme, ou les deux. Nous n'avons pas trouvé de preuves suffisantes pour savoir et pour pouvoir dire : c'est celui-ci ou celui-là. »

Maître Aubin l'interrompt.

« Mais qui donc ? »

Meg se lève et tend le bras vers l'avocat général :

« Qui est-ce ? Dites-le. »

Maître Trouard-Riolle ignore avec dédain ces interventions et poursuit.

« Mme Steinheil a ouvert la porte à son complice. Ils ont pris la ficelle à l'office, sont d'abord allés dans

la chambre occupée par Mme Japy dans l'intention d'étouffer ses cris.
La malheureuse a été étouffée par la ouate à cause de son dentier. M. Steinheil s'est levé de son lit et est tombé sur les agresseurs. Ils ont ensuite rajouté une corde autour du cou de Mme Japy. »

Il s'adresse perfidement à Mme Steinheil.

« Vous pourriez faire des aveux et vous auriez droit à la pitié, mais je sais que vous n'aurez pas cette idée. »

Et il poursuit à l'adresse des jurés.

« J'ai la prétention de démontrer que ce que je vous explique est l'absolue vérité. »

Les conclusions

Il conclut, sur le ton de la confidence.

« D'après l'œuvre, j'ai reconnu l'artisan et je vous dis : l'artisan, le voilà.
Si j'ai su vous convaincre, je sollicite votre fermeté et votre sagesse. Tenez haut et ferme le glaive de la loi. »

Le défenseur de Meg se lève alors et dit d'une voix forte :

« Dans les insinuations de tout à l'heure, oui ou non avez-vous visé Mariette Wolf ou son fils ? »

Quelques applaudissements se font entendre dans la salle, mais l'avocat général ne répond pas.

Où est passé le douzième juré ?

Cette dixième et dernière audience commence par un incident. Il manque un des douze jurés, le chef du jury. Ce monsieur a envoyé un télégramme pour prévenir qu'il était malade et ne pourrait pas assister à l'audience. Pour en avoir le cœur net, le président, à la demande de l'avocat général, ordonne à un médecin de se rendre au domicile du juré, propriétaire à Saint-Ouen. L'audience est suspendue et les rumeurs vont bon train. Finalement, le médecin revient, ayant pu constater que l'état de santé du juré l'empêchait réellement d'assister aux débats et qu'il n'y avait aucune simulation de sa part. L'un des jurés suppléants est appelé et un nouveau chef du jury est désigné. L'audience peut enfin démarrer avec deux heures et demie de retard.

Le président de Valles lève l'audience sur les accusations mystérieuses de maître Trouard-Riolle, renvoyant au lendemain la plaidoirie de maître Aubin.

Marguerite Steinheil retourne au dépôt relativement confiante, considérant que maître Trouard-Riolle n'a pas été capable d'apporter la moindre preuve de sa culpabilité.

La dixième audience

Le matin de la dernière audience, Marguerite Steinheil est calme et se dit persuadée de son acquittement. Pourtant, elle n'a pas été épargnée la veille par les violentes attaques de l'avocat général.

Elle s'entretient assez longuement avec le pasteur, puis déjeune avant de quitter sa cellule vers 11 h 30.

Cette journée, qui doit s'achever par le délibéré et le verdict des jurés, a attiré quelques personnalités du Tout-Paris.

Dans la salle d'audience, on remarque également la présence de Mariette Wolf, qui n'a visiblement pas du tout apprécié les allusions de la veille de Trouard-Riolle, ainsi que celle de son fils Alexandre, qui ne passe pas inaperçu avec sa blouse et son bâton de maquignon.

L'intervention de Mariette

Le président va donner la parole à maître Aubin pour sa plaidoirie quand Mariette Wolf se lève et s'approche de la barre en disant au président :

> « Je voudrais dire un mot. J'ai vu sur les journaux ce matin qu'on avait désigné mon fils comme assassin et moi aussi. Je ne suis qu'une domestique, mais je demande des excuses. »

Le président ne se démonte pas et le débat s'engage.

> « Personne ne vous a nommée, madame.
> – L'avocat général m'a désignée.
> – Non, madame, l'incident est clos.
> – Il m'a traitée de mégère et les journaux m'ont accusée.
> – Laissez les journaux, nous n'avons pas à nous occuper de ce qu'ils disent. »

Maître Aubin revient à la charge.

« Je redemande à l'avocat général sur quelles personnes ont porté les insinuations de son réquisitoire.
– Je n'ai rien à changer à ce que j'ai dit hier. »

Finalement, le président renvoie Mariette à sa place et maître Aubin peut commencer sa plaidoirie.

Le début de la plaidoirie de l'avocat

Maître Aubin adresse quelques signes d'encouragement à sa cliente, se lève, imposant et calme.

L'avocat commence son exposé en exprimant ses doutes sur la consistance de l'accusation. Il estime que celle-ci est « impuissante à s'exprimer malgré de longues recherches et deux instructions. L'accusation s'écroule toute seule. »

Il reproche ensuite à maître Trouard-Riolle d'être remonté jusqu'aux premières années de la vie de sa cliente pour accréditer l'idée qu'elle aurait été, dès l'âge de quatre-cinq ans, « un monstre de ruse et de perfidie ».

Grâce à cette remarque, maître Aubin évoque à son tour la jeunesse de sa cliente, mais en des termes plus compréhensifs.

Il fait de la relation entre Marguerite et le jeune lieutenant un modèle de beaux sentiments, d'amour pur.

À cette évocation, Mme Steinheil se met à pleurer, obligeant le président à suspendre l'audience une première fois.

À la reprise, l'avocat ne conteste pas l'existence de conflits entre Marguerite et son père, qui sont après tout inévitables dans toutes les familles, dit-il, mais il évoque la « plus cordiale affection qui liait Marguerite à son père ». Pour preuve, il lit à la cour une lettre qu'elle lui adresse de Bayonne et qui commence par la formule « Mon papa bien-aimé ».

Marguerite Steinheil, une femme modèle

Après avoir brossé un tableau flatteur de la jeunesse de la belle Meg, maître Aubin va tenter de convaincre le jury de la bonne moralité de sa cliente.

Il poursuit le déroulement chronologique de la vie de Marguerite en la décrivant telle qu'il la voit au début de son mariage.

> « Ma cliente était une femme d'intérieur modèle, très simple et très bonne. Comme l'a dit Mariette Wolf, elle n'hésitait pas à mettre la main à la pâte. Elle était économe, faisait elle-même ses chapeaux, ses robes et celles de sa fille. Elle a été une collaboratrice dévouée de son mari, elle s'inquiétait de sa santé et était aux petits soins pour lui. Elle ne songeait qu'à le stimuler pour qu'il ait des clients. »

Il en vient au sujet plus délicat des amants de la belle Meg, mais, prenant le contre-pied de l'opinion la plus couramment exprimée, il présente sa cliente comme une victime.

> « Elle est entrée dans le monde en 1895, on lui a fait une cour pressante et elle a succombé. La voilà infidèle, mais n'y a-t-il pas une part de responsabilité qui incombe au premier amant à la parole facile, dorée, qui promettait son concours au mari ? »

Il décoche aussi une flèche au mari, « ce mari qui ne fera face aux amants que pour faire leur portrait ».

Maître Aubin glisse rapidement sur la liaison entre Meg et Félix Faure, qu'il ne nomme pas, et considère qu'évoquer la présence de sa cliente lors de la mort du président relève de la diffamation.

Réfutation des arguments de l'accusation

Maître Aubin tente ensuite de démontrer aux jurés que tous les arguments de l'accusation retenus contre sa cliente ne reposent sur rien de solide.

Il écarte d'un revers de bras les mobiles. Si l'on se rapporte aux déclarations de M. Borderel, aucun mariage n'était prévu entre lui et Marguerite Steinheil. Deuxièmement, Marguerite aimait sincèrement sa mère puisqu'elle a été très émue à l'annonce de sa mort. Quant à son mari, il n'était pas gênant puisqu'il connaissait mal la vie que menait sa femme et n'intervenait jamais pour imposer ses vues. Marguerite n'avait donc aucune raison valable de tuer son mari et sa mère.

Critique de l'enquête

Selon l'avocat, l'enquête a été mal conduite. Il reproche au docteur Balthazard d'avoir eu trop de préjugés et de n'avoir pas montré assez de rigueur dans ses méthodes d'analyse quand il s'est rendu le matin du crime dans la villa de l'impasse Ronsin.

Ainsi, revenant sur l'épisode des tampons d'ouate, il constate ceci, d'un air très convaincant :

> « D'après les différents témoins, l'ouate s'est promenée sur la bouche de Mme Steinheil, sur son oreiller, à côté d'elle, par terre, sur un chiffonnier et sur une

petite table. Le docteur Balthazard aurait dû prendre le tampon de Mme Steinheil et l'analyser sans laisser passer sept mois. Dans l'affolement et en présence de cinq ou six agents, il y a eu confusion d'ouate, rien n'est plus vraisemblable. »

Cette attaque contre le docteur Balthazard n'est pas anodine, puisque l'absence de traces de salive sur le tampon était pour l'accusation une preuve du mensonge et de la simulation de Mme Steinheil et, donc, de sa culpabilité.

Avant la dernière suspension de séance, cette partie de la plaidoirie de l'avocat de Mme Steinheil s'achève par la réfutation de deux éléments mineurs mais qui, pour maître Aubin, sont significatifs des contradictions et de l'inconsistance de l'accusation.

Il demande aux jurés de ne pas croire à la déposition de la garde-malade, qui s'est contredite dans sa lettre. Enfin, il pose la question suivante :

« Pourquoi aurait-on arrêté la pendule comtoise à minuit dix ? Pour que Mme Steinheil ne puisse pas compter les heures jusqu'au lendemain ? C'est du roman. »

La dernière suspension de séance

Le public accueille cette suspension de 19 h 30 par un grand soulagement : le début de la plaidoirie a été long et la faim se fait sentir. Plus la fin du procès approche, plus la tension est palpable dans l'enceinte du Palais de justice.

Pendant l'interruption de séance, le public nombreux va se restaurer aux abords du Palais. Les brasseries et les restaurants de la place du Châtelet, de la place Dauphine et de la place Saint-Michel sont pleins à craquer. Les discussions autour des tables sont très animées et les hypothèses vont bon train. On évalue les chances de la belle Meg. Les avis sont partagés, mais les pronostics sont légèrement en faveur de l'acquittement.

Dès 20 h 30, les restaurants se vident et les spectateurs commencent à regagner leurs places.

La séance reprend à 21 h 30 avec la fin de la plaidoirie de l'avocat.

La thèse du cambriolage

Pour maître Aubin, cela ne fait aucun doute, le double meurtre de l'impasse Ronsin est dû à un cambriolage qui aurait mal tourné. Les cambrioleurs auraient été surpris par M. Steinheil qui les aurait menacés avec son bâton de marche, mais serait mort étranglé. Mme Japy, entendant tout ce bruit, serait morte d'émotion.

> « Déjà, rappelle-t-il, des cambrioleurs avaient essayé de pénétrer dans la villa au mois d'avril 1905, et M. Steinheil avait très peur des cambriolages. Peut-être avait-il quelque chose à cacher du côté de ses modèles. »

Maître Aubin est persuadé que des hommes en manteau noir, accompagnés d'une femme rousse, sont les auteurs du crime.

Il en veut pour preuve le témoignage de M. Geoffroy, le gendre de Mariette, qui dit avoir vu un homme qui semblait faire le guet à l'entrée de l'impasse la nuit du meurtre.

Un autre témoin, dont les journaux n'ont pas beaucoup parlé, a envoyé une lettre le **2 juin 1908** à M. Hamard. Les informations qu'elle contient sont capitales. Selon maître Aubin, ce témoignage constitue une preuve formelle de la réalité des hommes en lévite et confirme ce que Mme Steinheil n'a cessé de répéter depuis sa prison. Ce témoin affirme avoir vu quatre hommes sans barbe portant de grands sacs et une femme rousse avec un manteau noir sortir de l'impasse, cette fameuse nuit, vers 0 h 45.

L'avocat décrypte ce témoignage : comme l'a affirmé Mme Steinheil, les hommes en blouse noire qui ont pénétré chez elle n'étaient que trois, mais le quatrième homme qui les a rejoints devait être celui qui faisait le guet à l'entrée de l'impasse et qui a été vu par M. Geoffroy.

Les sacs qu'ils transportaient contenaient sans aucun doute les manteaux noirs que l'on a appelés « lévites », ainsi que les fausses barbes. Quant à la femme rousse, elle n'a pas eu besoin de déguisement.

Le rappel de ce témoignage oublié pendant les débats est favorable à l'accusée, d'autant que maître Aubin enchaîne sur les errements de l'enquête.

Il reprend la déposition du directeur du Théâtre hébreu pour rappeler que les trois lévites livrées dans une malle et laissées dans un couloir « ouvert à tous les vents » ont été volées entre 18 heures et 20 heures, un moment de la journée où il n'y a pratiquement pas de personnel dans l'établissement.

Il reproche ensuite à la police de ne pas avoir immédiatement interrogé tout le personnel du théâtre pour trouver le coupable du vol des costumes. En effet, le 7 juin, les membres de ce théâtre, qui appartenaient à plusieurs nationalités, étaient déjà partis aux quatre coins du monde et n'ont jamais été entendus. Maître Aubin ajoute, à l'intention de l'avocat général :

> « Ceci n'est pas une fable et peu importe que le vol n'ait été constaté que le 31 mai. »

L'explication des revirements de Marguerite

Si la piste des lévites est si évidente, pourquoi la belle Meg ne s'en est-elle pas toujours tenue à cette déclaration ? Pourquoi a-t-elle accusé à tort et à travers avant de revenir à son affirmation première ?

Maître Aubin a les réponses et concède que, pendant une nuit, Mme Steinheil a abandonné la piste des lévites. Cependant :

> « Marguerite Steinheil était affolée et les lévites déplaisaient aux journalistes, mais elle est ensuite revenue sur ce qu'elle avait déclaré et n'a plus changé. »

Si elle a imaginé la scène mélodramatique avec Rémy Couillard, c'est qu'elle voulait que M. Hamard poursuive l'enquête. Pour convaincre encore un peu plus les jurés, il ajoute :

> « Jamais peut-être en cour d'assises, devant aucun tribunal, une démonstration plus puissante n'a été faite. »

La corde sensible

L'avocat en vient à la conclusion de son exposé en se lançant dans ce que la presse a appelé une « émouvante péroraison ».

Il demande aux jurés de ne pas oublier que Mme Steinheil est avant tout une mère : c'est une femme qui a souffert d'être accusée à tort, mais surtout d'être séparée de sa fille.

Maître Aubin cite le graveur Desmoulins : « Elle m'a toujours dit qu'elle était forte de sa conscience », puis : « Je l'ai vue pleurer souvent quand elle me parlait de sa fille. »

Marguerite Steinheil se prend la tête entre les mains et est secouée par les larmes.

> « Combien de larmes ont-elles déjà versées et verseront-elles encore ? »

Marguerite a vécu des jours et des nuits horribles en prison. Les premières nuits, elle se dressait dans son lit et réclamait sa fille, selon le témoignage d'une codétenue.

Maître Aubin joue la corde sensible avec des effets mélodramatiques en introduisant Marthe, qui a pourtant été absente pendant le procès et toujours ambiguë vis-à-vis de l'accusation de sa mère.

> « Ah ! messieurs les jurés, laissez-moi parler de cette enfant sublime, admirable. Elle est allée voir sa mère tous les jours en prison, malgré son état de santé précaire.
> Le mois de mai 1908 a été une catastrophe pour elle : son père qu'elle adore est assassiné, ainsi que sa grand-mère. L'amour de son fiancé s'évanouit et sa mère est enfermée en prison. »

Et il termine, dans un silence total entrecoupé seulement par les sanglots de Marguerite :

« Ah ! je vous en supplie, messieurs les jurés, ce sont là mes dernières paroles, donnez à la mère et à la fille le moyen d'arriver à se consoler un peu seulement en bénissant votre justice. »

L'avocat prononce les derniers mots de sa plaidoirie à 22 h 30 : les débats sont terminés

Marguerite Steinheil s'effondre en larmes, tandis que le président lit les onze questions auxquelles les jurés vont devoir répondre.

L'accusée, très affaiblie, sort de la salle d'audience en s'appuyant aux bras de ses gardes. Elle est réconfortée par son avocat et par le graveur Desmoulins, qui a été exceptionnellement admis dans la salle réservée à l'accusée.

Chapitre 5
La fuite

C'est l'heure du délibéré. Les jurés se retirent à **22 h 45** pour répondre aux questions qui leur sont posées. Les deux premières concernent la culpabilité de Mme Steinheil sur la personne de sa mère et de son mari. La première est rapidement examinée, d'autant que le ministère public a renoncé au chef d'accusation de parricide. En revanche, la troisième question pose problème, car elle est rédigée dans un jargon judiciaire que la majorité des jurés ne comprend pas.

> « Ledit homicide volontaire ci-dessus spécifié sous la question numéro 2 a-t-il été commis avec préméditation ? »

Et que dire de la quatrième question :

> « Ledit homicide spécifié ci-dessus sous le numéro 2 a-t-il été précédé, accompagné ou suivi le crime spécifié sous la question 1 ? »

Ces questions déclenchent des palabres et chacun y va de son interprétation. Les questions subsidiaires, de pure forme, sont tout aussi déroutantes et embarrassent également les jurés.

« Est-il constant qu'un homicide volontaire a été commis du 30 au 31 mai 1908 à Paris sur la personne de Mme veuve Japy ? [...] du sieur Adolphe Japy ? »

Pour y voir plus clair, les jurés décident à **23 h 15** d'appeler le président de Valles à la rescousse pour une explication de texte.

Une demi-heure plus tard, le président est de nouveau sollicité, mais cette fois-ci en compagnie de l'avocat et de l'avocat général.

Ces visites impromptues excitent l'imagination des journalistes, qui pensent que les jurés n'arrivent pas à trancher et ont besoin d'un avis compétent. Des rumeurs contradictoires se répandent dans les galeries du Palais et parmi la foule qui grossit place Dauphine.

Le verdict

Finalement, vers **1 heure du matin**, après plus de deux heures de délibérations, les douze jurés regagnent leurs places dans la salle d'audience. Le chef des jurés se lève et prend solennellement la parole.

« En mon âme et conscience, devant Dieu et devant les hommes, la réponse du jury est "non" à toutes les questions. Mme Steinheil est acquittée. »

En dépit de la conviction de certains des jurés et de la confusion qui a entouré la personnalité de Mme Steinheil, l'absence de preuves a été déterminante pour faire pencher la balance du côté de l'acquittement.

Le président déclare alors : « L'accusée est libre. » À cette annonce, la salle se déchaîne, pousse des cris et applaudit. La belle Meg, très émue, s'affaisse sur sa chaise. Avant de lever l'audience, le président menace de faire évacuer la salle.

Mme Steinheil est aussitôt secourue par un médecin qui l'aide à sortir de la salle d'audience. Elle est très vite entourée de ses avocats et du graveur Desmoulins. Marguerite reste assise une bonne heure dans une salle du dépôt, très affaiblie, refusant toute nourriture.

Les réactions dans la rue

À l'annonce du verdict, une foule nombreuse composée de badauds et de journalistes est encore réunie place Dauphine, derrière le Palais de justice. L'acquittement est commenté bruyamment et diversement. Rémy Couillard, reconnu parmi la foule, est hué par les partisans de Marguerite Steinheil et est obligé de s'enfuir en courant. La nouvelle se répand comme une traînée de poudre sur les boulevards. Avant même que ne sortent les éditions spéciales des journaux, tous les Parisiens qui sont dans les cafés apprennent le verdict et le commentent avec fièvre. La foule est partagée, mais le sentiment qui l'emporte, c'est qu'aucune preuve n'a pu être apportée sur la culpabilité de la Veuve rouge.

Des curieux se rendent à l'entrée de l'impasse Ronsin où ils sont contenus par la police. Des opinions diverses s'expriment et le débat s'instaure entre les « justiciers », qui sont scandalisés par l'acquittement, et les « raisonneurs », qui sont plus indulgents.

La levée d'écrou

Pour échapper à cette foule, les deux avocats qui assistaient maître Aubin pendant le procès vont user d'un stratagème, d'un « plan de fuite » pour protéger Marguerite Steinheil. Exceptionnellement, il est décidé que la levée d'écrou aura lieu au dépôt et non pas à la prison de Saint-Lazare.

Derrière le Palais de justice, la fille du directeur du dépôt s'assied à l'arrière d'une voiture garée dans la cour et dissimule son visage. Maître Steinhardt dit à haute voix, à l'intention des journalistes présents près de l'entrée : « Dépêchez-vous nous allons partir », puis : « Vite, vite, à Saint-Lazare. » L'automobile démarre et sort de la cour à toute vitesse, aussitôt prise en chasse par une dizaine d'autos-taxis de journalistes.

La fuite du dépôt

Quelques minutes plus tard, une fois que la foule s'est un peu dispersée, Marguerite Steinheil, qui a retrouvé toute son énergie, monte à son tour dans une limousine avec maître Steinhardt en direction d'un hôtel du quai d'Orsay. Cependant, l'avocat a le sentiment qu'ils sont suivis et décide de trouver un autre refuge. Par des voies détournées, il demande alors au chauffeur de remonter vers le nord de Paris. Ils arrivent à destination vers 3 heures du matin ; c'est ainsi que, pour sa première nuit de liberté depuis un an, Mme Steinheil descend, clin d'œil du destin, à l'hôtel Terminus de la gare Saint-Lazare. L'avocat et Marguerite prennent deux chambres au nom de M. et Mme Steinhardt et commandent du champagne. Avant d'aller se coucher, la belle Meg se fait prendre en photo (voir en page précédente) dans sa chambre pour immortaliser cet heureux instant historique.

Le lendemain matin, un chauffeur vient chercher Mme Steinheil et la conduit en voiture vers une destination tenue secrète.

Le plan de fuite des avocats a été un succès, Marguerite Steinheil est libre.

Chapitre 6
L'après-procès

Plusieurs jours après le verdict de la cour d'assises, les passions ne sont pas retombées et tous les journaux dressent un bilan sévère de l'affaire. La déception et la frustration du public sont d'autant plus grandes que l'affaire avait passionné le pays tout entier pendant dix-huit mois.

Pour beaucoup, l'« affaire Steinheil » demeure le « mystère Steinheil ». Le procès n'a pas permis de connaître la vérité, mais simplement de dévoiler une piètre figure de la justice.

On considère généralement qu'il est normal qu'une accusée ne soit pas condamnée quand les preuves manquent, mais l'on ajoute que, si Mme Steinheil a été acquittée, elle le doit surtout à l'inconsistance du dossier d'instruction.

Dans les éditoriaux, c'est moins Mme Steinheil qui est mise en cause que la justice et la police. Le travail de la magistrature est notamment jugé très sévèrement.

Les magistrats sur la sellette

D'après la plupart des titres de la presse, les hésitations et les erreurs du premier juge chargé de l'affaire,

M. Leydet, ont débouché sur une accusation inconsistante, mal construite. Il a compliqué la tâche de son successeur, le juge André, en n'effectuant pas sans tarder certaines vérifications indispensables.

C'est d'ailleurs ce magistrat qui est pris à partie le plus violemment dans les éditoriaux, comme le montre cet extrait :

> *Que penser du juge Leydet qui pénètre dans la maison de Mme Steinheil le bandeau de l'amour sénile sur les yeux. Il est le symbole d'une justice boiteuse et aveugle qui fausse ses balances et avale son glaive.*

Son successeur a, au contraire, manqué de prudence et s'est montré trop enclin à compenser l'absence d'énergie de la première instruction. Sans scrupules, il a fait preuve de peu de discernement en forçant les événements.

Les journaux rappellent qu'un accusé qui ne peut pas prouver son innocence n'est pas forcément coupable.

Plus généralement, les deux juges chargés successivement de l'affaire sont accusés d'avoir été à la remorque des articles de presse, de l'opinion publique, accusant tour à tour ceux que les articles à scandale désignaient comme les coupables.

Il est rappelé qu'un peu plus d'entendement et de discrétion sont indispensables pour mener une instruction sérieuse.

Tous les journaux posent cette question : pourquoi être allé en cour d'assises avec un dossier aussi inconsistant ?

Les lacunes de l'enquête ont éclaté au grand jour pendant le déroulement du procès : le travail des experts a été contesté, tout comme la méthode employée pour recueillir les procès-verbaux.

Si les journaux sont tous d'accord pour parler de faute et de mauvaise méthode d'instruction, certains évoquent l'incapacité et d'autres une volonté délibérée de ne pas voir le mystère s'éclaircir. La rivalité entre la préfecture et le parquet a embrouillé un peu plus l'instruction.

Ces critiques très sévères débouchent sur une remise en cause du fonctionnement de la justice. On reproche en particulier au président de la cour de s'être comporté comme un accusateur, alors qu'il n'aurait dû intervenir que pour faire préciser un fait ou apporter une rectification.

L'attitude du président est jugée contraire à l'impartialité et à la réserve qui conviennent à sa fonction. Il a, selon certains, faussé la balance en recherchant la condamnation, volant au secours d'une accusation défaillante.

Le rôle joué par l'avocat général, maître Trouard-Riolle, est à l'image du naufrage de toute l'instruction. On lui reproche d'avoir été obligé d'abandonner l'accusation de parricide en cours de procès et d'avoir terminé son réquisitoire par un coup d'épée dans l'eau, une accusation grotesque.

Les abus de la presse

À l'heure du bilan, la presse elle-même n'est pas oubliée, et les critiques ne l'épargnent pas.

Quelques journaux prennent du recul et condamnent les abus dont certains de leurs confrères ont fait preuve dans l'affaire.

Ainsi, le journal *Le Temps* s'interroge sur le rôle qu'a joué la presse pendant l'enquête.

Il porte à son crédit le fait que plusieurs personnes citées par les journaux, comme Burlingham, ont été appelées à témoigner. En contrepartie, le modèle anglais des reportages « à la Sherlock Holmes » a suscité quelques abus, mais le journaliste accuse le public, « assoiffé d'informations inédites et de révélations à grand fracas », d'en être responsable.

Dans *Les Nouvelles*, l'éditorialiste s'en prend à une certaine presse et dénonce leurs

> *vilains procédés de police, leurs bluffs coupables visant à incriminer une innocente.*

Pour ce journal, le souci de l'information à tout prix conduit à l'information sensationnelle, donc artificielle.

Une page se tourne

Si certains journaux font leur autocritique et si tous parlent de défaite de la police et de la justice, aucun d'eux n'est prêt à élever une statue à Marguerite Steinheil. Il est rappelé qu'elle a été une épouse infidèle et qu'elle a cherché plusieurs fois à tromper la justice.

L'opinion générale est que l'on est allé de mensonges en comédies et que l'on ne connaît toujours pas la vérité.

D'ailleurs, Marguerite Steinheil, toujours aussi énigmatique, n'a-t-elle pas affirmé après le procès :

> « Le mystère de l'impasse Ronsin a eu un dénouement et non une solution. »

Cependant, comme « toute personne acquittée légalement ne pourra plus être reprise, ni accusée en raison du même fait », il n'est pas question d'envisager de rouvrir un jour le procès de Marguerite Steinheil. Cela n'empêche pas certains éditorialistes de souhaiter naïvement que, comme elle ne risque plus rien, Marguerite Steinheil aide à présent les enquêteurs à faire triompher la vérité.

Bien que personne ne soit satisfait de l'issue de cette affaire, tout le monde veut tourner la page. Comme l'écrit *L'Aurore* deux jours après le verdict,

> *Il est temps que les Sherlock Holmes de salon et les Nick Carter des brasseries retournent à leurs occupations.*

Ainsi, les journaux abandonnent très vite leurs critiques sévères de la magistrature pour se lancer à la recherche de Marguerite Steinheil.

LE JEU DE PISTE

Le lieu de retraite de Marguerite Steinheil, gardé secret par ses avocats, tient encore les lecteurs des journaux en haleine pendant plusieurs jours. Les journalistes, qui veulent surtout retrouver la belle Meg pour qu'elle livre ses impressions sur le verdict, sont redevenus enquêteurs. Pendant quelques jours, les hypothèses sur la destination de Marguerite se succèdent. Un journaliste affirme avoir rencontré Mme Steinheil attablée au buffet de la gare de Compiègne, certains l'ont vue à Belfort, près de son village natal, d'autres à Bâle, en transit pour l'Italie. Le correspondant à Milan du *Petit Parisien* va même jusqu'à surveiller les arrivées des trains en provenance de France pour voir si Mme Steinheil ne fait pas partie des voyageurs.

L'état des relations entre Marguerite et sa fille Marthe fait aussi l'objet de commentaires contradictoires. Pour certains, leur brouille ne serait qu'une légende et la mère et la fille se seraient réconciliées après l'acquittement. Pour d'autres, la rupture entre Marguerite et Marthe est consommée, et le journal *L'Autorité* parle même à ce sujet de « juste punition et d'expiation ».

Marthe Steinheil

Comme l'a signalé l'avocat général pendant son réquisitoire, le crime de l'impasse Ronsin a eu des conséquences dramatiques pour Marthe Steinheil. En dehors de la perte douloureuse de son père et de sa grand-mère, elle a vu son fiancé, Pierre Buisson, s'éloigner d'elle depuis l'inculpation de sa mère. Bien que se disant convaincus de l'innocence de Mme Steinheil, le père et l'oncle de Pierre Buisson ont jugé qu'il y avait trop de bruit autour de cette femme et ont fortement encouragé leur protégé à rompre tout contact avec cette famille scandaleuse.

Dès l'emprisonnement de sa mère, Marthe Steinheil (voir portrait ci-contre), qui n'a pas encore dix-sept ans, est prise en charge par les cousins de Marguerite, le couple Chabrier, désigné comme tuteur. Elle part s'installer chez eux, dans le XVIe arrondissement de Paris.

Pendant toute l'année de détention de Marguerite, elle se présentera régulièrement à la prison de Saint-Lazare, mais elle n'assistera pas au procès. Son rôle est très effacé pendant toute cette période, mais les rares phrases qu'elle a prononcées devant des journalistes laissent penser qu'elle éprouve du ressentiment envers sa mère.

Ainsi, un mois avant le procès, elle déclare que si sa mère est acquittée elle n'habitera plus impasse Ronsin, mais dans la famille de son père.

La retraite de Mme Steinheil

Finalement, quelques jours après le procès, les journaux parviennent à retrouver la trace de Mme Steinheil.

Après une courte nuit passée à l'hôtel Terminus, Marguerite Steinheil a été conduite par un chauffeur en banlieue parisienne, au Vésinet, non sans s'être arrêtée pour une séance de photos dans le bois de Boulogne.

Elle s'est inscrite dans une maison de repos sous le nom de Mme Dumont et a demandé aux médecins d'empêcher les journalistes de l'approcher.

Il était dit que tout ce qui touche à Mme Steinheil serait source d'ambiguïté puisque l'ami fidèle de Maurice Borderel, son ancien intermédiaire auprès de Meg, habitait également au Vésinet, pas très loin de la maison de repos où séjournait Marguerite.

Aussitôt l'information parue, M. Borderel doit démentir formellement s'être rendu le 17 novembre chez son ami au moment où Mme Steinheil résidait au Vésinet.

Après son acquittement, Mme Steinheil peut tourner la page et quitter l'habit de deuil qu'elle portait depuis le 31 mai 1908. Elle a passé une année difficile en prison, même si elle a bénéficié d'un traitement de faveur, et a vécu un procès fatigant nerveusement puisqu'elle a dû étaler tous les détails de sa vie privée.

Sa situation s'est nettement améliorée dans tous les domaines. D'un point de vue pécuniaire, elle a hérité de la moitié de la villa de l'impasse Ronsin, l'autre moitié revenant à sa fille, et s'apprête à toucher la somme cumulée des arriérés de rente de sa mère qui ont été gelés pendant son emprisonnement.

Quelques jours après la fin de son procès, elle reçoit, par l'intermédiaire de ses avocats, des propositions commerciales et artistiques : on lui propose, par exemple, 100 000 francs pour jouer son propre rôle au théâtre.

Son frère et ses sœurs font bloc autour d'elle : interrogés par les journaux, ils critiquent vertement le rôle des journalistes dans cette affaire, les accusant d'avoir fait beaucoup de mal à leur sœur.

Pendant son séjour au Vésinet, la belle Meg règle quelques affaires. Elle écrit d'abord à Mariette Wolf pour la remercier de son soutien et lui proposer de lui payer l'arriéré de ses gages, mais elle n'indique pas son adresse. Elle envoie ensuite une lettre au chef de la Sûreté pour lui affirmer qu'elle souhaite toujours ardemment que les coupables soient retrouvés et que la piste des lévites soit creusée davantage.

L'enquête judiciaire se poursuivra encore quelques semaines, sans apporter d'éléments nouveaux.

La contre-attaque des victimes des accusations de Marguerite

À l'heure des bilans, les trois personnages accusés successivement par Marguerite Steinheil réagissent différemment. Le journal *Le Matin*, qui a changé de ligne et décrété que la belle Meg était coupable, encourage d'ailleurs Frederic Burlingham, Alexandre Wolf et Rémy Couillard à réclamer des dommages et intérêts pour dénonciation calomnieuse. La direction du journal se propose même de prendre les frais de procédure à sa charge.

M. Burlingham, l'« homme aux sandales », hésite, puis déclare finalement qu'il va réclamer le remboursement des frais de justice qu'il a été obligé d'engager et qu'il évalue à 20 000 francs.

Alexandre Wolf, le maquignon, dit avoir déjà oublié toute l'affaire et renonce aux poursuites.

Rémy Couillard, devenu le « dragon », est plus rancunier. Dès l'annonce de l'acquittement de Mme Steinheil, il a publiquement parlé de « poires » à propos des jurés et, bien qu'il ait affirmé à Mme Steinheil pendant le procès qu'il ne gardait aucune rancune contre elle, il est fermement décidé à lui réclamer réparation du préjudice qu'il a subi. Il évalue à 50 000 francs le prix que son ancienne patronne doit payer pour les cinq journées qu'il a passées en prison.

Burlingham le gentleman

Les velléités de procès de Frederic Burlingham ne durent pas longtemps. Deux jours après avoir déclaré aux journaux qu'il avait l'intention de réclamer des dommages et intérêts à Mme Steinheil, l'Américain reçoit une lettre de la belle Meg qui dit l'avoir reconnu de bonne foi comme étant l'assassin et qui termine son mot par :

> *Dans ces conditions, il me plaît de déclarer que je suis désolée de tous les ennuis que vous avez éprouvés à cause de moi, ennuis qui ont atteint le galant homme que vous êtes.*

Touché, M. Burlingham lui répond le lendemain, en parfait gentleman.

Mon but était surtout de vous amener à me faire des excuses, la question de l'argent étant pour moi secondaire. Les termes de votre lettre me donnent satisfaction et constituent à mon égard une réparation suffisante.

Rémy le rancunier

Si Burlingham renonce aux poursuites, il en va autrement de Rémy, qui persistera dans son intention jusqu'en mars 1912, date de son mariage.

En effet, un mois avant la sortie des *Mémoires* de Marguerite Steinheil, en 1912, cette affaire de dédommagement n'a pas encore été jugée, mais le 13 mars un arrangement de dernière minute survient entre les deux parties et la belle Meg verse une indemnité à Rémy, ce qui clôture la procédure.

L'affaire Steinheil est alors entièrement terminée d'un point de vue juridique.

Marguerite Steinheil part vivre en Angleterre

À la fin du mois de novembre 1909, la santé de Marguerite Steinheil, qui réside toujours au Vésinet, est meilleure, et les journaux ne consacrent plus que quelques entrefilets à ses faits et gestes.

Pourtant, le **28 novembre**, on annonce qu'elle part pour Londres avec son médecin. Quelques journalistes parviennent à monter dans le même train qu'elle, gare du Nord, toujours à l'affût d'une interview exclusive.

Les journaux anglais ont également suivi l'affaire

avec beaucoup d'attention, notamment parce que le prince de Galles a été cité parmi les visiteurs du salon de Mme Steinheil.

De nombreux reporters attendent donc son arrivée à Waterloo Station et une bousculade se produit quand elle descend du train. Quand on lui demande où elle va habiter, elle se contente de répondre simplement :

> « Là où je vais, c'est l'oubli absolu, on n'entendra plus jamais parler de moi. »

Une course poursuite avec les journalistes s'engage ensuite dans les rues de Londres. Après être rentrés dans plusieurs hôtels pour brouiller les pistes et semer leurs poursuivants, la belle Meg et son docteur finissent par trouver un établissement discret et bien protégé.

Marguerite Steinheil se fait oublier

En Angleterre, Marguerite Steinheil veut assurer sa tranquillité. Elle adresse une lettre au directeur du *Times*, publiée le **4 décembre 1909**, dans laquelle elle regrette l'acharnement dont elle est victime et déclare qu'elle est venue dans ce pays pour « se reposer et faire fuir les importuns ».

Toujours en décembre, pour couper tout lien avec son passé parisien et récupérer de l'argent, Marguerite décide de vendre aux enchères tous les meubles et objets de l'impasse Ronsin. Auparavant, elle propose à sa fille d'en choisir quelques-uns, mais celle-ci refuse quoi que ce soit.

Malgré la foule qui se presse à l'hôtel Drouot le 19 décembre, la vente aux enchères est un échec : les meubles trouvent acquéreur à très bas prix, y compris la fameuse pendule comtoise. Les tableaux restants d'Adolphe Steinheil sont bradés et seul un portrait de la belle Meg réalisé par le peintre Bonnat part à un bon prix.

Quelques mois après son arrivée en Angleterre, Marguerite Steinheil a réussi à atteindre son objectif : se faire oublier du grand public. Toutefois, elle reçoit toujours des demandes en mariage, et les propositions commerciales ou artistiques continuent d'affluer de France. Ainsi, les promoteurs de la revue intitulée *L'Affaire Smsastheinelle* lui demandent de jouer son propre rôle, mais elle refuse, malgré le montant élevé du cachet qu'on lui propose. De même, elle est annoncée sur les planches du Coliseum de Londres, en même temps que Sarah Bernhardt.

MARGUERITE ET SA FILLE

Marthe Steinheil, qui vit de pensions versées par des amis, souhaiterait habiter à nouveau impasse Ronsin, mais sa mère pose comme condition préalable de la revoir. Sa fille n'y tient pas. Des tractations ont lieu pour que Marguerite Steinheil renonce définitivement à la part de la villa qui lui revient et la laisse à sa fille.

En **mars 1910**, Marguerite Steinheil se rend discrètement à Paris pour essayer de se réconcilier avec sa fille, mais Marthe a quitté la capitale pour échapper à la rencontre.

Quelques semaines plus tard, Marthe accepte finalement de rencontrer sa mère, et celle-ci renonce définitivement à la villa de l'impasse Ronsin. Marthe retourne habiter dans la maison dès 1910, tout d'abord avec les époux Chabrier, puis sans eux après leur départ en banlieue parisienne. Elle fréquente alors le milieu anarchiste et héberge un jeune artiste russe qui organise des soirées littéraires « révolutionnaires ».

Elle se fiance avec un jeune peintre italien qu'elle épousera en juillet 1911, au milieu d'une bousculade provoquée par les journalistes.

Les *Mémoires* de la Veuve rouge

De 1910 à 1912, la vie de Marguerite Steinheil, qui se fait appeler Mme de Sérignac, n'appartient plus au domaine public. Ses faits et gestes n'alimentent plus la chronique. Pourtant, soit parce qu'elle n'accepte pas de tomber dans l'oubli, soit parce qu'elle est convaincue que la vérité peut surgir après ses déclarations, la belle Meg va susciter de nouvelles vagues.

Dès le début de l'année 1910, Mme Steinheil reprend l'écriture de ses mémoires qu'elle avait commencés en prison.

En **1912**, juste avant la sortie de ses *Mémoires*, Mme Steinheil n'a rien perdu de sa combativité et intente un procès en diffamation à un écrivain anglais qui a eu le tort d'émettre des doutes sur son innocence.

La nouvelle vie de Mariette Wolf

L'affaire Steinheil a transformé la vie de Mariette Wolf, la cuisinière de l'impasse Ronsin.
Grâce au retentissement de ce fait divers, elle est devenue une petite célébrité. Une société de publicité l'engage fin novembre 1909 comme colleuse d'affiches. Son travail consiste à parcourir les rues de Paris et à coller des affiches

avec la tenue de la société. Toujours populaire, elle est souvent reconnue dans la rue et suivie chaque fois par plusieurs dizaines de personnes qui lui lancent des plaisanteries et la sifflent, provoquant des incidents.

Après cette parenthèse publicitaire, Mme Wolf abandonne totalement son travail de domestique et est engagée dans un théâtre pour jouer la comédie. En décembre 1909, elle joue son propre rôle de colleuse d'affiches dans une pièce intitulée *L'Homme à la lévite* et part en tournée en province et en Belgique dès janvier 1910.

Elle réclame en outre 10 000 livres sterling de dommages et intérêts.

L'annonce de la publication des *Mémoires* de la belle Meg avait suscité beaucoup d'intérêt parmi les journalistes et le public et également un peu de crainte parmi les gens au pouvoir qui craignaient des révélations plutôt gênantes.

Pourtant, tout le monde est déçu quand *My Memoirs* sort dans une maison d'édition anglaise en avril. Si Marguerite Steinheil décrit sans détour sa vie galante, en citant même le nom de ses amants, elle maintient toutes ses déclarations concernant l'affaire : elle reste attachée aux lévites et reprend tous les arguments qu'elle a utilisés pendant le procès sans qu'aucune révélation ne vienne dissiper le mystère Steinheil.

Tout au long de cet ouvrage, Mme Steinheil ne cherche pas à cacher les relations qu'elle a entretenues avec Félix Faure. Elle s'en vante même naïvement en rappelant que le président, pour lui montrer son attachement, lui avait offert de magnifiques bijoux en 1898.

Enfin, Mme Steinheil prétend qu'elle n'était pas à l'Élysée le jour de la mort de Félix Faure, ce que personne ne croit.

Après avoir exprimé leur déception, les journaux se désintéressent une nouvelle fois très rapidement de Mme Steinheil, cette fois-ci définitivement.

L'égérie de la IIIe République

Dans les journaux, pendant le procès et dans ses *Mémoires*, Marguerite Steinheil n'a cessé de répéter qu'elle avait joué un rôle, discret mais capital, auprès de Félix Faure dans la conduite des affaires du pays. Elle a prétendu que le président lui confiait des secrets d'État pour qu'elle le fasse profiter de ses conseils éclairés. Elle a ainsi affirmé qu'elle avait réussi à convaincre Félix Faure de retirer le détachement français qui occupait Fachoda pour éviter un conflit militaire avec l'Angleterre qui revendiquait ce territoire.

Marguerite Steinheil a dit également qu'elle avait aidé Félix Faure à rédiger ses mémoires. Il y a beaucoup de vantardise et un peu de mythomanie dans toutes ses allégations.

Rien dans les habitudes de travail de Félix Faure, ni dans ce que l'on sait de leurs relations, ne permet d'affirmer que Marguerite ait joué ce rôle d'égérie. M. Félix Faure était sans aucun doute très sensible au charme de la belle Meg, comme le prouvent les nombreux bijoux qu'il lui a offerts, mais leurs rapports ne se situaient pas sur le terrain politique ou sur le terrain diplomatique.

La nouvelle vie de Marguerite

Cela n'empêche pas la belle Meg de poursuivre sa vie mondaine en Angleterre.

En **1917**, Marguerite Steinheil, alors âgée de quarante-huit ans, épouse le baron Scarlet, qui a quarante et un ans. Ce lord avait suivi tout le procès et était tombé sous le charme de la Veuve rouge. Le mariage en grande pompe se déroule sans la présence des parents du marié.

En **1920**, Marguerite est encore veuve, mais, cette fois, la mort de Lord Abinger ne soulève aucune interrogation.

Marguerite Steinheil va encore déménager et se fixer dans une petite station balnéaire dans le Sussex, où elle s'éteindra, dans la discrétion, plus de trente ans après, le **18 juillet 1954**.

Sa disparition ne fera pas plus que quelques lignes dans les journaux.

Chapitre 7
Épilogue

Au cours des années qui ont suivi l'acquittement de Marguerite Steinheil, des journalistes sont périodiquement revenus sur l'affaire en affirmant avoir découvert qui était le vrai coupable. Depuis son inculpation, l'attitude de Mme Steinheil avait aiguisé la curiosité de tous ceux qui s'intéressaient à ce crime : elle avait toujours proféré de vagues menaces, comme si elle en savait beaucoup, mais ne voulait ou ne pouvait rien dire.

C'est ainsi que l'on a vu resurgir l'amant haut placé surpris par le mari, ou encore les hommes de main de Clemenceau venus chez Mme Steinheil chercher des documents secrets que Félix Faure lui aurait confiés peu de temps avant sa mort.

Les dernières hypothèses

Toutes les hypothèses présentées des années après le drame excluent la préméditation et privilégient la thèse d'une visite nocturne qui tourne mal.

On a cru deux fois que la vérité allait percer : la première fois en 1912, trois ans après le procès, quand Marguerite Steinheil rédigea ses *Mémoires*, mais on a vu que cette publication n'apportait rien de nouveau.

La deuxième fois en 1947, quand un journaliste alla troubler sa retraite en lui rendant visite dans sa petite maison du Sussex, à cinquante mètres de la mer. Malgré l'insistance du journaliste, Marguerite, qui avait alors presque quatre-vingts ans, ne voulut pas reparler de cette affaire, ne désirant pas voir son nom s'étaler à nouveau dans les journaux.

Léo Malet et l'affaire Steinheil

Une femme aussi séduisante que Meg et une intrigue aussi abracadabrante ne pouvaient qu'intéresser l'auteur de romans policiers Léo Malet, le père de Nestor Burma et des *Nouveaux mystères de Paris*.

Il résume l'affaire dans un article paru le 26 juillet 1984 dans *L'Aurore*. Rappelant brièvement les faits, il ironise sur les noms prédestinés de Couillard et de Borderel et constate que « feu la mère de madame a avalé son dentier » après l'intervention de la femme rousse, « une affreuse mégère à la bouche en trou d'égout ».

Léo Malet reconnaît les talents de manipulatrice de la belle Meg et se délecte des hésitations et des faux pas de l'enquête, en trouvant amusant que celle-ci ait été confiée à un ancien familier du salon de l'impasse Ronsin.

En vieil anar qu'il est, il ne peut qu'éprouver de la sympathie pour Meg qui, selon lui, a réussi à ridiculiser à la fois la police et la justice

---

L'écrivain Armand Lanoux, qui s'est beaucoup intéressé à cette affaire, était persuadé que le coupable était un boyard russe, haut dignitaire bénéficiant de l'immunité liée à sa fonction.

D'après lui, voici comment les événements tragiques ont pu se dérouler.

Le 30 mai au soir, alors que son mari et sa mère sont déjà couchés, Meg, qui a grand besoin d'argent, téléphone à son ami russe de venir la rejoindre. Quand il arrive impasse Ronsin, elle le conduit dans sa chambre, mais se refuse à lui. Le boyard en colère s'énerve et le ton monte. Adolphe, qui a entendu les cris, se lève et les surprend.

Le Russe étrangle le mari, et Mme Japy, qui a surpris des bruits de lutte, tombe inanimée. Mme Steinheil et son amant sont affolés et téléphonent à un fonctionnaire très haut placé pour lui demander conseil. Celui-ci se rend dans la villa et organise une mise en scène pour couvrir le boyard et éviter tout problème diplomatique avec la Russie.

Mme Steinheil n'a plus qu'à s'en tenir à une version abracadabrante des faits et à livrer aux journaux des révélations contradictoires pour brouiller les pistes.

Pour appuyer son hypothèse, Armand Lanoux relève que ce noble russe avait été vu dans un grand restaurant parisien quelques jours avant le drame et qu'il avait dû quitter Paris précipitamment dès le 1er juin 1908.

L'affaire Steinheil reste un mystère

Quatre-vingt-dix ans après cette affaire, qui est l'un des faits divers les plus mystérieux du début du siècle, le personnage de Marguerite Steinheil présente toujours plusieurs facettes. Le ou les auteurs du double meurtre n'ont jamais été identifiés, mais on peut toutefois constater que, coupable ou non coupable, Mme Steinheil n'a rien fait pour que la vérité éclate.

Le mystère de la Veuve rouge demeure et l'affaire Steinheil vient s'ajouter à la liste des crimes impunis, qui sont souvent, il est vrai, les plus passionnants.

Chronologie

1869

16 avril : Naissance de Marguerite Steinheil.

1890

9 juillet : Mariage de Meg et d'Adolphe.

1892

Naissance de Marthe Steinheil.

1899

16 février : Mort de Félix Faure.

1908

31 mai : Crime de l'impasse Ronsin.
23 juin : Publication de la liste des bijoux volés.
31 octobre : Lettre à *L'Écho de Paris*.
11 novembre : La piste Burlingham.
19 novembre : L'affaire de la perle.
26 novembre : Nouvelles accusations de Meg et incarcération à Saint-Lazare.
Le juge André remplace le juge Leydet.

1909

3 novembre : Début du procès (première audience : Marguerite Steinheil).
4 novembre : Deuxième audience : Marguerite Steinheil.
5 novembre : Troisième audience : Marguerite Steinheil.

6 novembre :	Quatrième audience : Rémy Couillard.
7 novembre :	Le dimanche de repos.
8 novembre :	Cinquième audience : témoins divers.
9 novembre :	Sixième audience : les bijoux et M. Souloy.
10 novembre :	Septième audience : Mariette Wolf.
11 novembre :	Huitième audience : début du réquisitoire de l'avocat général.
12 novembre :	Neuvième audience : fin du réquisitoire de l'avocat général.
13 novembre :	Dixième et dernière audience : plaidoirie de l'avocat et délibéré.
14 novembre :	Libération de Marguerite Steinheil et séjour au Vésinet.
28 novembre :	Départ en Angleterre.

1912

1912 :	Publication des *Mémoires* de Mme Steinheil.

1917

1917 :	Mariage de Marguerite Steinheil.

1947

1947 :	Nouvelle hypothèse sur le crime.

1954

18 juillet :	Mort de Mme Steinheil.

Sources

Beau G., Gaubusseau L., *Paris rétro*, Horvath, 1983.

Bénézit E., *Dictionnaire des peintres, sculpteurs, dessinateurs et graveurs*, Gründ, 1976.

Billard T., *Félix Faure*, Julliard, 1995.

Crespelle J.-P., *La Vie quotidienne à Montmartre au temps de Picasso*, Hachette, 1978.

Lanoux A., *Madame Steinheil ou la Connaissance du Président*, Grasset, 1983.

Ory P., *Les Expositions universelles de Paris*, Ramsay, 1982.

Renouvin P., *Histoire générale de la presse en France* [T. 3] de 1871 à 1940, PUF, 1972.

Steinheil M., *Mes Mémoires*, Ramlot.

Archives de la préfecture de Police de Paris

– Rapports de police et consultation des journaux de l'époque : *L'Action française, L'Aurore, L'Écho de Paris, L'Éclair, Les Débats, Le Gaulois, Le Figaro, La Guerre sociale, L'Humanité, L'Intransigeant, La Lanterne, Liberté, La Libre Parole, Le Matin, Les Nouvelles, L'Œuvre sociale, La Patrie, Le Petit Parisien, La Petite République, La Tranchée, Le Temps.*

Table des matières

Dans la collection « Grands Procès »,
aux Éditions De Vecchi :

L'Affaire Caillaux, de Lionel Dumarcet.
L'Affaire Dreyfus, de Denis Bon.
L'Affaire Besnard, de Sophie Darblade.
L'Affaire Bande à Bonnot, de Frédéric Delacourt.
L'Affaire Petiot, de Frédérique Césaire.
L'Affaire Mata Hari, de Lionel Dumarcet.
L'Affaire Louis XVI, du Dr Pierre-Alexandre Bourson.
L'Affaire Papin, de Sophie Darblade.
L'Affaire Villain, de Sophie Darblade.
L'Affaire Lafarge, de Gérard Robin.
L'Affaire Landru, de Christine Sagnier.
L'Affaire Panama, du Dr Pierre-Alexandre Bourson.
L'Affaire Abbé Auriol, de Lionel Dumarcet.
L'Affaire Stavisky, de Denis Bon.

Composition Nord Compo
Impression Bussière en avril 2006
N° d'édition : 9380. – N° d'impression : 061417/1.
Dépôt légal : mai 2006.
ISBN 2-7328-4369-5
Imprimé en France.